दिव्य प्रकाश दुबे

दिव्य प्रकाश दुबे ने आठ बेस्ट सेलर किताबें–**'शर्तें लागू'**, **'मसाला चाय'**, **'मुसाफ़िर Cafe'**, **'अक्टूबर जंक्शन'**, **'इब्नेबतूती'**, **'आको-बाको'**, **'यार पापा'** और **'टेंशन मत ले यार'**–लिखी हैं। **'स्टोरीबाज़ी'** नाम से कहानियाँ सुनाते हैं। दिव्य प्रकाश आवाज़ की दुनिया का एक जाना-पहचाना नाम बन चुके हैं। Audible के लिए **'पिया मिलन चौक'**, **'दिल लोकल'** और **'दो दुनी प्यार'** जैसे मशहूर शो प्रस्तुत कर चुके हैं। हाल ही में आई मणिरत्नम की मशहूर फ़िल्म शृंखला **'पोन्नियिन सेल्वन 1'** और **'पोन्नियिन सेल्वन 2'** के संवाद लिख चुके हैं। दस साल कॉरपोरेट दुनिया में मार्केटिंग तथा एक लीडिंग चैनल में कंटेंट एडिटर के रूप में कुछ साल माथापच्ची करने के बाद अब वह एक फ़ुलटाइम लेखक हैं। मुंबई में रहते हैं। कई नए लेखकों के साथ **'रायटर्स रूम'** के अंतर्गत फ़िल्म, वेब सीरीज़ और ऑडियो शो विकसित करते हैं।

www.divyaprakash.in

मुसाफ़िर Cafe

दिव्य प्रकाश दुबे

हिन्द युग्म

ISBN: 978-93-92820-40-3

प्रकाशक :
हिंद युग्म
सी-31, सेक्टर-20, नोएडा (उ.प्र.)-201301
फोन- 0120-4374046

मुद्रक : थॉमसन प्रेस, नई दिल्ली
आवरण-चित्र : गरिमा शुक्ला

पहला संस्करण 'हिंद युग्म वेस्टलैंड' द्वारा साल 2016 में प्रकाशित
दूसरा संस्करण : मई 2022
बारहवाँ संस्करण : मई 2026
मूल्य : ₹199

Musafir Cafe
A novel by *Divya Prakash Dubey*

Published By
Hind Yugm
C-31, Sector-20, Noida (UP)-201301
Phone- 0120-4374046
Email- sampadak@hindyugm.com
Website- www.hindyugm.com

Second Edition: May 2022
Twelfth Edition: May 2026
Price: ₹199

हम सभी की जिंदगी में कुछ ऐसी कहानियाँ होती हैं
जिन्हें अगर हम न सुनाएँ तो पागल हो जाएँगे।
ऐसी ही एक कहानी के नाम।

बात से पहले की बात

बातें किताबों से बहुत पहले पैदा हो गई थीं। हमारे आस-पास बातों से भी पुराना शायद ही कुछ हो। बातों को जब पहली बार किसी ने संभाल के रखा होगा तब पहला पन्ना बना होगा। ऐसे ही पन्नों को जोड़कर पहली किताब बनी होगी। इसीलिए जिंदगी को सही से समझने के लिए किताबें ही नहीं बातें भी पढ़नी पड़ती हैं। बातें ही क्या वो सबकुछ जो लिखा हुआ नहीं है, वो सबकुछ जो किसी ने सिखाया नहीं। वो सबकुछ समझना पड़ता है जो बोल के बोला गया और चुप रहकर बोला गया हो। पता नहीं दो लोग एक-दूसरे को छूकर कितना पास आ पाते हैं। हाँ, लेकिन इतना तय है कि बोलकर अक्सर लोग छूने से भी ज्यादा पास आ जाते हैं। इतना पास जहाँ छूकर पहुँचा ही नहीं जा सकता हो। किसी को छूकर जहाँ तक पहुँचा जा सकता है वहाँ पहुँचकर अक्सर पता चलता है कि हमने तो साथ चलना भी शुरू नहीं किया।

मुझे मालूम नहीं था कि ये बातचीत शुरू होकर कहाँ जाएगी। किसी भी बातचीत से पहले शायद ही किसी को पता होता हो! बात से ही कोई बात निकलती है और फिर कई बार बात दूर तक जाती है तो कई बार डक पर आउट हो जाती है। बातें दुनिया की तमाम खूबसूरत जरूरी चीजों जैसी हैं जो कम-से-कम दो लोगों के बीच हो सकती हैं। बातें हमारे शरीर का वो जरूरी हिस्सा होती हैं जिसको कोई दूसरा ही पूरा कर सकता है। अकेले बड़बड़ाया जा सकता है, पागल हुआ जा सकता है, बातें नहीं की जा सकती।

मुसाफ़िर Cafe को पढ़ने से पहले बस एक बात जान लेना जरूरी है कि इस कहानी के कुछ किरदारों के नाम धर्मवीर भारती जी की किताब 'गुनाहों

का देवता' के नाम पर जान-बूझकर रखे गए हैं। इस कोशिश को कहीं से भी ये न समझा जाए कि मैंने धर्मवीर भारती की किताब से आगे की कोई कहानी कहने की कोशिश की है। धर्मवीर भारती के सुधा-चंदर को मुसाफ़िर Cafe के सुधा-चंदर से जोड़कर न पढ़ा जाए। भारती जी जिंदा होते तो मैं उनसे जरूर मिलकर उनके गले लगता, उनके पैर छूता। उनके किरदारों के नाम उधार ले लेना मेरे लिए ऐसा ही है जैसे मैंने उनके पैर छू लिए। मुझे धर्मवीर भारती जी को रेस्पेक्ट देने का यही तरीका ठीक लगा।

कहानी लिखने की सबसे बड़ी कीमत लेखक यही चुकाता है कि कहानी लिखते-लिखते एक दिन वो खुद कहानी हो जाता है। पता नहीं इससे पहले किसी ने कहा है या नहीं लेकिन सबकुछ साफ-साफ लिखना लेखक का काम थोड़े न है! थोड़ा बहुत तो पढ़ने वाले को भी किताब पढ़ते हुए साथ में लिखना चाहिए। ऐसा नहीं होता तो हम किताब में अंडरलाइन नहीं करते। किताब की अंडरलाइन अक्सर वो फुल स्टॉप होता है जो लिखने वाले ने पढ़ने वाले के लिए छोड़ दिया होता है। अंडरलाइन करते ही किताब पूरी हो जाती है।

मुसाफ़िर Cafe की कहानी मेरे लिए वैसे ही है जैसे मैंने कोई सपना टुकड़ों-टुकड़ों में कई रातों तक देखा हो। एक दिन सारे अधूरे सपनों के टुकड़ों ने जुड़कर कोई शक्ल बना ली हो। उन टुकड़ों को मैंने वैसे ही पूरा किया है जैसे आसमान देखते हुए हम तारों से बनी हुई शक्लें पूरी करते हैं। हम शक्लों में खाली जगह अपने हिसाब से भरते हैं इसलिए दुनिया में किन्हीं भी दो लोगों को कभी एक-सा आसमान नहीं दिखता। हम सबको अपना-अपना आसमान दिखता है।

बस, ये आखिरी बात बोलकर आपके और कहानी के बीच में नहीं आऊँगा। कहानियाँ कोई भी झूठ नहीं होतीं। या तो वो हो चुकी होती हैं या वो हो रही होती हैं या फिर वो होने वाली होती हैं।

दिव्य प्रकाश दुबे

जून 2016 मुम्बई

क से कहानी

“हम पहले कभी मिले हैं?”

सुधा ने बच्चों जैसी शरारती मुस्कुराहट के साथ कहा, “शायद!”

“शायद! कहाँ?” मैंने पूछा।

सुधा बोली, “हो सकता है कि किसी किताब में मिले हों”

“लोग कॉलेज में, ट्रेन में, फ्लाइट में, बस में, लिफ्ट में, होटल में, कैफे में तमाम जगहों पर कहीं भी मिल सकते हैं लेकिन किताब में कोई कैसे मिल सकता है?” मैंने पूछा।

इस बार मेरी बात काटते हुए सुधा बोली, “दो मिनट के लिए मान लीजिए। हम किसी ऐसी किताब के किरदार हों जो अभी लिखी ही नहीं गई हो तो?”

ये सुनकर मैंने चाय के कप से एक लंबी चुस्की ली और कहा, “मजाक अच्छा कर लेती हैं आप!”

ब से बेटा शादी कर ले

चंदर के मोबाइल पर पापा के नंबर से एक SMS आया जिसमें एक मोबाइल नंबर लिखा हुआ था। अभी वो नंबर पढ़ ही रहा था कि इतने में उसके पापा के फोन से मम्मी का फोन आया। कॉल में अपना और चंदर का हालचाल लेने और देने के अलावा बस इतना बताया गया कि संडे 12 बजे कॉफी हाउस में एक लड़की से मिलने जाना है। ये भी बताया गया कि लड़की वहाँ अकेले आएगी। हालाँकि, लड़की के अकेले आने वाली बात इतनी बार झूठ निकल चुकी है कि चंदर ने ये मानना ही छोड़ दिया है कि कोई लड़की शादी के लिए मिलने अकेले आ सकती है। लड़की के साथ उसकी कोई ऐसी क्लोज फ्रेंड आई हुई होती है जिसका जन्म केवल और केवल आपकी शादी के लिए आपका वायवा लेने के लिए होता है। खैर, चंदर मन मारकर कॉफी हाउस टाइम से पंद्रह मिनट पहले ही पहुँच गया। वहाँ देखा तो एक टेबल पर एक लड़का और लड़की साथ बैठे हुए थे। उसने घड़ी देखी और सोचा कि 15 मिनट देख ले फिर 12 बजे फोन कर लेगा। अब जब चंदर अपना मोबाइल बाहर निकालकर बार-बार उसको अनलॉक और लॉक कर रहा था उसी दौरान उस कैफे में बैठी लड़की की आवाज तेज होने लगी। चंदर को जो कुछ

सुनाई पड़ा वो कुछ ऐसा था-

"अच्छा, तो शादी के बाद अगर तुम्हें 2 साल के लिए अमेरिका जाना पड़ेगा तो मैं यहाँ अपना कैरियर छोड़ के तुम्हारे साथ चलूँ! तुम सॉफ्टवेयर इंजीनियर्स को क्या लगता है कि अमेरिका जाना कैरियर है! नहीं, तुम लोग समझते क्या हो? तुम लोगों को शादी के बाद जब लड़की से केवल बच्चे पलवाने हैं तो वर्किंग वुमेन चाहिए ही क्यूँ, नहीं बताओ? ...ब्ला ब्ला ब्ला।"

चंदर को उस लड़की की बात सुनकर मजा आने लगा। वो कम-से-कम 20 मिनट नॉन स्टॉप बोली होगी। इस बीच में बंदा बस 'हम्म' बोलकर उठकर जा चुका था। इसी बीच चंदर की घड़ी पर नजर गई 12.15 बज चुके थे। चंदर ने सोचा फोन मिलाकर बता दे कि वो पहुँच चुका है। चंदर ने फोन मिलाया और उधर की आवाज सुने बिना ही बोल दिया,

"हैलो, बस इतना बताना था कि मैं कैफे पहुँच गया हूँ। आप आराम से आ जाइए।"

"मैं भी कैफे में हूँ।"

"अच्छा, मैं तो कैफे में 20 मिनट से हूँ!"

"मैं भी।"

ए से एक दिन की बात

चंदर को समझ में आ चुका था कि ये वही लड़की है जिससे वो शादी के लिए मिलने आया है। चंदर पलटकर उसकी टेबल तक गया। इससे पहले वो कुछ समझाती या बोलती चंदर ने कहा,

"पता नहीं आपको सुनकर कैसा लगेगा लेकिन मैं भी सॉफ्टवेयर इंजीनियर हूँ।"

"हा हा हा। सॉरी, आपको वेट करना पड़ा, I'm सुधा।"

"अरे कोई बात नहीं। बहुत अच्छा बोलीं आप। I'm चंदर।"

"आप बातें सुन रहे थे?"

"सुन नहीं रहा था, सुनाई पड़ रही थीं।"

"मैं बहुत जोर से बोल रही थी क्या?"

"हाँ, और क्या!"

"पता नहीं कहाँ-कहाँ से आ जाते हैं, खैर!"

"आप बुरा न मानो तो एक बात पूछूँ?"

"हाँ पूछिए।"

"मेरे बाद भी कोई मिलने आ रहा है तो आप बता दीजिए। मैं उस हिसाब से टाइम एडजस्ट कर लूँगा।"

"अरे नहीं नहीं, एक दिन में दो लड़के काफी हैं।"

"क्या करती हैं आप?"

"मैं लॉयर हूँ, फैमिली कोर्ट में प्रैक्टिस करती हूँ। आप कह सकते हो डिवोर्स एक्सपेर्ट हूँ।"

"Wow! मैं आज पहली बार किसी लड़की लॉयर से मिल रहा हूँ। सही में डिवोर्स करवाती हो क्या?"

"सही बताऊँ तो डिवोर्स कोर्ट में आने से पहले ही हो चुका होता है। हम तो बस सरकारी स्टैम्प लगाने में और हिसाब-किताब करने में मदद करते हैं।"

"क्यूँ करते हैं लोग डिवोर्स?"

"कोई एक वजह थोड़े है!"

"फिर भी सबसे ज्यादा किस वजह से होता है?"

"क्यूँकि लोगों को पता नहीं होता कि उन्हें लाइफ से चाहिए क्या।"

"तुम्हें पता है, तुम्हें लाइफ से चाहिए क्या?"

“थोड़ा-बहुत शायद और तुम्हें?”

“मुझे नहीं पता क्या चाहिए।”

“छोड़ो, कहाँ डिवोर्स की बातें करने लगे हम!”

“तो रोज कोर्ट में इतने डिवोर्स देखकर भी शादी करना चाहती हो?”

“सच बताऊँ तो मैं शादी करना ही नहीं चाहती। घर वाले परेशान न करें इसलिए मिलने आ जाती हूँ और कोई-न-कोई बहाना बना के लड़के रिजेक्ट कर देती हूँ।”

“सॉफ्टवेयर इंजीनियर को तो बिना मिले ही रिजेक्ट कर दिया करो। मिलने का कोई टंटा ही नहीं।”

“हाँ, अगली बार से यही करूँगी।”

“अच्छा, तुम्हें रिजेक्ट करना ही है तो एक हेल्प कर दो। तुम अपने घरवालों को पहले ही बोल दो कि मैं पसंद नहीं आया। फालतू ही मेरे घरवाले पीछे पड़े रहेंगे।”

“ठीक है डन। शादी नहीं करनी तुम्हें?”

“नहीं।”

“क्यूँ, प्यार-व्यार वाला चक्कर है?”

“हाँ, शायद.. नहीं.. शायद... पता नहीं यार... और तुम्हारा?”

“था चक्कर, अब नहीं है। मैं शादी-वादी में बिलिव नहीं करती।”

“फिर अपने घरवालों को समझा दो न, कितने सॉफ्टवेयर वाले लड़कों की बैंड बजाओगी!”

“हाँ, सही कह रहे हो। घरवालों को यही समझाऊँगी।”

“तुम तो आज समझा दोगी, मुझे पता नहीं कितने संडे खराब करने पड़ेंगे। कोई फुलप्रूफ तरीका बता दो।”

“मुझे पता होता कोई तरीका तो आज उस इडियट से मिलने थोड़े

आती!”

“जाने के बाद मुझे भी इडियट बोलोगी तुम!”

“हाँ शायद, कोई दिक्कत है?”

“नहीं, कोई दिक्कत नहीं है। चलो मैं चलता हूँ। Good. Keep in touch, nice meeting with you.”

“No point saying keep in touch, we hardly know each other.”

“मेरे बारे में जानने लायक बस इतना है कि मुझे अपना काम बिल्कुल भी पसंद नहीं है। 2-3 साल अमेरिका में रहकर नौकरी कर चुका लेकिन कभी वहाँ मन नहीं लगा। अब अक्सर दो-तीन साल के लिए अमेरिका जाने के मौके आते हैं तो हर बार मना कर देता हूँ, पता नहीं क्यों। क्रिकेट मैच के अलावा टीवी बिल्कुल भी नहीं देखता। हर वीकेंड अकेले मूवी देखता हूँ, थिएटर देखना पसंद है। किताबें खरीदता ज्यादा हूँ पढ़ता कम। सुबह का अखबार बिना चाय के नहीं पढ़ पाता, आगे लाइफ में क्या करना है ज्यादा आइडिया नहीं है। अब मैंने इतना मुँह खोल ही दिया है तो तुम भी अपने बारे में कुछ बता ही दो।”

“PG में रहती हूँ। वहाँ रहने वाली मोस्टली लड़कियों से मेरी नहीं पटती। अपना काम बहुत पसंद है मुझे। इंडिया की टॉप लॉयर बनना चाहती हूँ। मूवी केवल हॉल में देखना पसंद है टीवी पे नहीं। वीकेंड पे शौकिया थिएटर करती हूँ। बचपन से ही थोड़ा-सा एक्टिंग-वेक्टिंग का कीड़ा है और हाँ, सबसे important, वर्जिन नहीं हूँ, और तुम?”

“मैं क्या?”

“वर्जिन हो तुम?”

“अरे छोड़ो, ये बताओ एक बज गए, कहीं लंच-वंच कर लें या तुम्हें कहीं निकलना है?”

"मुझे साउथ इंडियन पसंद है, वो खाएँ?"

"मुझे साउथ इंडियन उतना पसंद नहीं है लेकिन चलो कौन-सा तुम्हारे साथ उम्रभर खाना है!"

"अरे नहीं पसंद तो कुछ और खा लेते हैं।"

"अरे नहीं, चलेगा यार। एक ही दिन की तो बात है!"

ये चंदर और सुधा की पहली मुलाकात थी। पहली हर चीज की बात हमेशा कुछ अलग होती है क्यूँकि पहला न हो तो दूसरा नहीं होता, दूसरा न हो तो तीसरा, इसीलिए पहला कदम ही जिंदगी भर रास्ते में मिलने वाली मंजिलें तय कर दिया करता है। पहली बार के बाद हम बस अपने आप को दोहराते हैं और हर बार दोहरने में बस वो पहली बार ढूँढ़ते हैं।

ट से टाटा, बाय-बाय

उस दिन लंच में केवल दो ही चीजें अच्छी थी, एक खाने के बाद की फिल्टर कॉफी और दूसरी सुधा की कंपनी। खाना खत्म होने तक करीब 2 बज चुके थे। चंदर ने चलने से पहले कहा,

"फिर, अब क्या प्लान है?"

"कुछ नहीं घर जाऊँगी आराम करूँगी। मूवी देखनी थी लेकिन देखूँगी कोई फ्रेंड साथ चले तो जाऊँगी नहीं तो..."

"नहीं तो क्या?"

"नहीं तो मूवी रहेगी नहीं अगले हफ्ते तक। मिस हो जाएगी।"

"मूवी मुझे भी देखनी थी। कोई न मिले तो बता देना मैं साथ चल लूँगा।

मुझे वैसे भी देखनी ही होती है मूवी। इन्फैक्ट तुमसे मिलने नहीं आया होता तो मूवी देखने ही गया होता।"

"अरे मिल जाएगा कोई-न-कोई, वर्ना फोन कर दूँगी।"

"पक्का?"

"हाँ पक्का।"

"चलो फिर चलता हूँ, अपनी शादी में बुलाना।"

"मैं तो करूँगी नहीं शादी लेकिन तुम अपनी शादी में जरूर बुलाना।"

"डन और हाँ! keep in touch."

"Sure, it was indeed nice meeting you वर्ना उस इडियट ने मूड ऑफ कर दिया था।"

"किसी से मिलकर नाइस मीटिंग यू अगर कभी लगा भी करे तो बोला मत करो। कुछ चीजें बोलते ही कचरा हो जाती हैं।"

"ठीक है ध्यान रखूँगी, चलो बाय-बाय!"

"बाय-बाय! टाटा!"

Sunday ritual
अगले Sunday से

सुधा के पास उसके घरवाले एक नए लड़के का नंबर भेज चुके थे और चंदर के पास एक लड़की का नंबर आ चुका था। दोनों अलग-अलग लड़के और लड़की से मिलने के लिए उसी कैफे में पहुँचे। सुधा वहाँ पहले से थी। चंदर को जिस लड़की से मिलना था वो भी वहाँ पहुँच चुकी थी। दोनों ने एक-दूसरे को देखा, हाथ हिलाया और 'What the fuck!' लुक दिया। सुधा जिस

लड़के से मिलने आई थी उससे दस मिनट में irritate हो गई। इधर चंदर भी जिस लड़की से मिलने आया था उस पर ध्यान न देकर सुधा की तरफ देख रहा था लेकिन चंदर सुधा के जैसे स्ट्रेट फॉरवर्ड नहीं था कि इस लड़की को बोल पाता कि उसे नहीं करनी शादी। इतने में सुधा वहाँ चंदर की टेबल पर आ गई और लड़की की ओर देखकर एकदम सीरियस होकर बोली,

"बहन, ये आदमी जो तुम्हारे साथ बैठा है न! ये बहुत ही कमीना इंसान है। मैं दो बार इसके बच्चे की माँ बन चुकी हूँ लेकिन देखो फिर भी तुमसे मिलने आ गया! इस आदमी को लड़की से बस तीन चीजें चाहिए, हवस, हवस, हवस। बहन, मैं तो इंसानियत के नाते बस तुम्हें बता ही सकती हूँ। बाकी तुम्हारी लाइफ है और हवस भी तुम्हारी.. I mean लाइफ तुम्हारी है।"

ये सुनने के बाद वो लड़की उठ के वहाँ से चली गई और उसने जाने से पहले चंदर को 'what the हवस' लुक दिया। लड़की के जाते ही सुधा बोली-

"कैसी लगी मेरी एक्टिंग?"

"बहुत ही बेकार।"

"क्यूँ, तुम्हारी लाइफ को बर्बाद होने से बचा लिया।"

"तुम्हें कैसे पता बर्बाद होती मेरी लाइफ?"

"तुम्हीं ने तो कहा था न, शादी नहीं करनी तुम्हें!"

"हाँ, बोला तो था लेकिन ऐसा थोड़े है कि कभी नहीं करनी शादी!"

"तुम्हारे आने से पहले ये बंदी अपने बॉयफ्रेंड से बात कर रही थी, उसको फोन पे बोला था उसने कि इस इडियट को आधे घंटे में निपटाकर आती हूँ।"

"मुझे इडियट बोल रही थी वो? साली!"

"हाँ, और क्या तुम्हें इडियट बोला, मैं सबकुछ बर्दाश्त कर सकती हूँ बस ये नहीं सुन सकती कि कोई तुम्हें मेरे अलावा इडियट बोले, हा हा!"

"ये एक्टिंग है न?"

"और क्या, तुम्हें क्या लगा?"

“एक्टिंग अच्छी कर लेती हो तुम। फिल्मों में ट्राइ क्यूँ नहीं करती?”

“जहाँपनाह! अनारकली बर्फ के पहाड़ पर साड़ी पहन के स्लो मोशन में डांस नहीं कर सकती न! इसलिए थिएटर करती हूँ। कॉलेज में थी तो लाइव थिएटर करती थी।”

“थिएटर तो सुना है ये लाइव थिएटर क्या बला है?”

“दिल्ली में जब हम लोग कॉलेज से लौटने के लिए बस लेते थे और देखते थे कि कोई बंदा किसी लड़की को परेशान कर रहा है तो मैं अपने फ्रेंड को एक झापड़ मारकर शोर मचाने लगती थी। इससे क्या होता था कि जो बंदा सही में छेड़ रहा होता था उसकी फट लेती थी। हम अगले स्टॉप उतर जाते थे कि चल पुलिस स्टेशन लेकर चलती हूँ और अगले स्टॉप से हम दूसरी बस ले लेते। मेरे सब फ्रेंड्स ने बहुत थप्पड़ खाए हैं मुझसे।”

“तो अब नहीं करती थप्पड़ मारने वाला लाइव थिएटर?”

“कभी-कभार, जैसे अभी एक्टिंग की न उस बंदी के सामने। बट अब थिएटर करती हूँ। वैसे लाइफ भी एक तरह की एक्टिंग ही तो है। कुछ लोग अच्छी कर लेते हैं कुछ बहुत खराब। Anyway, जब मेरा प्ले होगा तो बुलाऊँगी तुम्हें। आओगे?”

“हाँ और क्या, पक्का आऊँगा।”

“तो क्या प्रोग्राम है आज का? किसी और से भी मिलना है?”

“नहीं, कोई प्रोग्राम नहीं है।”

“प्ले देखने चलोगे?”

“कौन-सा?”

“कोई-सा भी, जो चल रहा होगा। थिएटर की बात हुई तो प्ले देखने का मन कर गया।”

“चलो, प्ले के बीच में तुम मुझे थप्पड़ लगाकर अपना लाइव थिएटर मत शुरू करना बस।”

प से play

मुंबई में ऐसे तो प्ले के कई अड्डे हैं। उनमें से एक बड़ा अड्डा पृथ्वी थिएटर है और दूसरा NCPA थिएटर। इन दोनों में से एक में अगर प्ले नहीं देखा तो समझिए मुंबई दर्शन अधूरा रह गया। सुधा और चंदर पृथ्वी थिएटर, जुहू गए। पृथ्वी थिएटर, पृथ्वीराज कपूर के नाम पर है। जहाँ अक्सर शशि कपूर साब अपनी व्हीलचेयर पे बैठे दिख जाते हैं। वो कुछ बोलते नहीं बस सबको देखते रहते हैं और उनको ध्यान से देखने पर उनकी आँखों में पानी थोड़ा गाढ़ा दिखता है।

रोज मुंबई स्टेशन पर कुछ लोग नहीं, सैकड़ों शहर, हजारों लोग और लाखों सपने उतरते हैं। हर एक सपना जो उतरता है न, उसकी एक कहानी होती है। कोई घर छोड़ के आया होता है तो कोई सबकुछ बेचकर, तो कोई खाली हाथ। ये सारी कहानियाँ कोई सुनना नहीं चाहता और ये हर एक कहानी अपने-आप में एक फिल्म होती है। मुंबई में एक कहानी से फिल्म बनने की दूरी इतनी ज्यादा है कि कई सपने चलते-चलते, भटकते-भटकते, ठोकरें खाते-खाते पहले ही दम तोड़ देते हैं। रोज लाखों सपने मुंबई में दम तोड़ देते हैं फिर भी यहाँ अगले दिन स्टेशन पर उतरने वाले सपनों की भीड़ में कोई कमी नहीं होती। थोड़ा अजीब शहर है न!

उन सारे सपनों में से कुछ सपने रोज शाम को पृथ्वी थिएटर पर आते हैं। इसीलिए पृथ्वी का माहौल बड़ा मस्त रहता है। हर टेबल पर एक फिल्म बन रही होती है। कुछ लेखक टाइप के लोग नोटपैड लेकर बैठे होते हैं। टीवी और फिल्मों में काम करने वाले चेहरे यहाँ अक्सर दिख जाते हैं। हर किसी को किसी बड़े आदमी ने काम देने का वादा किया होता है। मुंबई में लोग एक वादे एक मीटिंग के भरोसे जिंदगी गुजार देते हैं। यहाँ एक किताबों की दुकान है जहाँ हिन्दी किताबें कम होती हैं लेकिन मिल जाती हैं।

जब सुधा और चंदर पृथ्वी थिएटर पहुँचे तब तक सारे टिकट बिक चुके

थे लेकिन सुधा ने किसी तरह टिकट का जुगाड़ कर लिया। सुधा प्ले इतने ध्यान से देखती थी कि उसकी पलकें झपकना भूल जाती थीं। सुधा के साथ एक-आध बार ऐसा भी हुआ कि उसकी पलकों से बिना बताए पानी की दो-चार बूँदें बाहर आ गईं। चंदर का ध्यान प्ले पर कम सुधा पर ज्यादा था। जैसे-जैसे थिएटर की lighting बदल रही थी ठीक उतनी ही तेजी से सामने actors के चेहरे के भाव बदल रहे थे और उतनी ही तेजी से सुधा के चेहरे का रंग भी बदल रहा था। प्ले खत्म होत-होते सुधा, थिएटर की लाइट और स्टेज के एक्टर तीनों मिलकर एक हो गए।

प्ले खत्म होने के बाद सुधा बहुत देर तक कुछ नहीं बोली। चंदर ने डिनर के लिए पूछा तो बोली-

"प्ले कैसा लगा तुम्हें?"

"अच्छा लगा।"

"बस अच्छा? बहुत अच्छा नहीं लगा?"

"ठीक है। बहुत अच्छा लगा। रोती भी हो तुम?"

"बस प्ले में।"

"सही में रो रही थी या एक्टिंग कर रही थी?"

"तुम्हें क्या लगता है?"

"मुझे लगता है कि बस रोते हुए ही हम एक्टिंग नहीं करते।"

"I'm impressed."

"डिनर करें?"

"मन नहीं है।"

"मन तो मेरा भी नहीं है।"

"फिर पूछा क्यूँ?"

"लगा इसी बहाने थोड़ी देर और साथ रह लेंगे।"

“चालू हो गया न फ्लर्ट तुम्हारा! फ्लर्ट का भी एक रुल होता है जो भी बोलना है उसको किसी बहाने से नहीं direct बोल दिया करो, बेटर रहता है।”

“सुधा।”

“क्या?”

“कुछ नहीं।”

“बोलो भी अब, बातें बीच में मत छोड़ा करो।”

“थोड़ी देर और साथ टाइम spend करें?”

“चलो पास में ही समंदर है, वहाँ चलते हैं।”

“समंदर अच्छा लगता है तुम्हें?”

“बहुत। और तुम्हें?”

“मुझे पहाड़ ज्यादा पसंद हैं।”

“तो अपने हनीमून पे ऊटी-वूटी जाओगे?”

“नहीं, हनीमून पर मसूरी जाऊँगा।”

“कोई खास वजह?”

“मसूरी में घुसते ही एक होटल है ‘Honeymoon Inn’ नाम का। बस जब पहली बार मसूरी गया था तभी डिसाइड कर लिया था कि वहीं जाऊँगा हनीमून मनाने।”

“बढ़िया है हमारी शादी नहीं होने वाली वर्ना पहला झगड़ा तो हनीमून को लेकर ही हो जाता।”

“क्यूँ तुम्हें कहाँ जाना है हनीमून पर?”

“कहीं भी जहाँ समंदर हो।”

“हनीमून पे तुम्हें ऐसी जगह जाना है जहाँ समंदर हो और शादी तुम्हें करनी नहीं है। थोड़ी पागल नहीं हो तुम?”

“हाँ हूँ तो, हर कोई थोड़ा-सा पागल तो होता ही है।”

“मैं तो नहीं हूँ पागल।”

“तो ढूँढ़ो अपना पागलपन।”

“उससे क्या होगा?”

“थोड़ा-सा पागल हुए बिना इस दुनिया को झेला नहीं जा सकता।”

चंदर को सुधा की ये पागलपन वाली बात छू गई। ये सुनकर वो चुप हो गया। बातें जो हमें अच्छी लगती हैं वो हमें धीरे-धीरे सहलाकर शांत कर देती हैं। चंदर जब बहुत देर तक कुछ नहीं बोला तो सुधा ने कहा,

“क्या सोचने लगे तुम?”

“कुछ नहीं।”

“बता दो इतना सोचोगे तो प्यार हो जाएगा।”

“सही में हो गया तो?”

“तो एक काम करना।”

“क्या?”

“मुझे मत बताना।”

“अरे, तुम्हीं ने तो कहा था अभी कि सबकुछ बता देना चाहिए।”

“वो फ्लर्ट के लिए कहा था प्यार के लिए थोड़े। चलो अब चलते हैं।”

“चलो, मैं तुम्हें छोड़ देता हूँ।”

“ओह प्लीज, मैं चली जाऊँगी। लड़के इतना केयरिंग नहीं होते न तो दुनिया थोड़ी और अच्छी होती।”

“चलो फिर, अब कब मिलना होगा?”

“कब तो नहीं पता कहाँ होगा ये बता सकती हूँ।”

“कहाँ?”

“वहीं कैफे में।”

"तुम्हारा प्ले होगा तो बुलाना।"

"पक्का, चलो बाय बाय!"

"टाटा! घर पहुँचकर SMS कर देना।"

"वाह! So caring! नहीं करूँगी SMS और कुछ नहीं होगा मुझे। Don't worry, it was a day well spent, ये सब बोलकर चेप होने वाली बातें मत करो।"

इस मुलाकात के बाद दोनों अपने-अपने घर चले गए। चंदर जब कपड़े चेंज करके सोने जा रहा था तब सुधा का SMS आया।

"Reached safely, nice meeting."

इस SMS के कई जवाब चंदर ने अपने मोबाइल पर टाइप किए लेकिन कोई भी जवाब भेजा नहीं। जिंदगी की कोई भी शुरुआत हिचकिचाहट से ही होती है। बहुत थोड़ा-सा घबराना इसीलिए जरूरी होता है क्यूँकि अगर थोड़ी भी घबराहट नहीं है तो या तो वो काम जरूरी नहीं है या फिर वो काम करने लायक ही नहीं है।

ह से हैलो

चंदर से सुधा को मिले हुए करीब एक महीने होने जा रहा था। इस बीच न सुधा का कोई SMS आया न ही चंदर ने चेप होने के डर से कोई SMS या कॉल किया। चंदर उस दिन का करीब-करीब सबकुछ भूल चुका था सिवाय पागलपन वाली बात के। सुधा ने शायद अपनी साइड से मना कर दिया था। इसलिए मम्मी का भी उस लड़की को लेकर कोई फोन नहीं आया। बस चंदर को एक-दो बार ऐसा लगा था कि उसको प्ले के बहाने ही सही कोई प्रोग्राम

बना लेना चाहिए था। एक बार ये भी लगा कि उस दिन कोई बात अधूरी रह गई। असल में बातें हमेशा अधूरी ही रहती हैं। ऐसा तो कभी होता ही नहीं कि हम बोल पाएँ कि मेरी उससे जिंदगी भर की सारी बातें पूरी हो गईं। हम सभी अपने-अपने हिस्से की अधूरी बातों के साथ ही एक दिन यूँ ही मर जाएँगे। खैर, उससे जो बात अधूरी रह गई थी, वो कुछ यूँ दुबारा शुरू हुई। एक दिन ऐसे ही रात में 12 बजे के आस-पास, सुधा का फोन आया। चंदर ने जैसे ही फोन उठाकर उठाकर 'हैलो' कहा, उधर से सुधा शुरू हो गई।

"सुनो, मेरी अपनी फ्लैटमेट से लड़ाई हो गई है, तुम अभी तुरंत आ सकते हो?"

"इतनी रात में?"

"अरे, लड़ाई कोई टाइम देख के थोड़े होती है! रात में हुई तो रात में ही न बुलाऊँगी! नहीं आ सकते तो बता दो?"

"नहीं बाबा, आता हूँ।"

"कितनी देर में आ जाओगे?"

"बस, जितनी देर में ऑटो वाला पहुँचा दे।"

"जल्दी आओ, इस चुड़ैल के साथ एक मिनट भी नहीं रह सकती मैं।"

च से चुड़ैल

सुधा अपना समान पैक करके चंदर का इंतजार कर रही थी। चंदर ने सुधा का बैग लेकर ऑटो में रखा और पूछा,

"किस बात पे हुई लड़ाई?"

"अरे यार, लड़ाई के लिए कोई बात होना जरूरी है क्या?"

“फिर भी, कुछ तो हुआ होगा?”

“बहुत दिनों से कोल्ड वार चल रही थी, बस आज गाली-गलौच थोड़ी ज्यादा बढ़ गई।”

“गाली-गलौच! वाह, तुम लड़कियाँ बाप-भाई की गाली देती होगी न या फिर हम लोगों वाली। क्या मजा आता होगा, तेरे बाप की, तेरे भाई की!”

“यार एक तो लड़ाई हो गई, PG छोड़ दिया मैंने और तुम्हें मजाक सूझ रहा है!”

“ओह, तो अब PG में नहीं रहोगी?”

“नहीं, बैग में 2-3 दिन का सामान है, वीकेंड पे नया PG ढूँढूँगी।”

“और वीकेंड तक?”

“तुम्हारे घर में कोई प्रॉब्लम है? नहीं, है तो बता दो?”

“नहीं। प्रॉब्लम तो कुछ नहीं है, थोड़ा awkward नहीं हो जाएगा?”

“किसे हो जाएगा awkward? तुम्हें?”

“नहीं, मुझे नहीं तुम्हें!”

“मुझे कोई प्रॉब्लम नहीं है। उस चुड़ैल से तो अच्छे ही हो तुम।”

चंदर को ‘उस चुड़ैल से तो अच्छे ही हो तुम’ वाली लाइन में से केवल ‘अच्छे ही हो तुम’ बार-बार सुनाई पड़ रहा था। ऑटो में बाहर से हवा आकर धीरे-धीरे चंदर के चेहरे से होते हुए सुधा के चेहरे को टटोलकर देख रही थी। हवा खुश थी, ऑटो खुश था, सड़क खुश थी, शहर खुश था, चंदर थोड़ा-सा खुश था। चंदर की खुशी में थोड़ी-सी हिचकिचाहट बिखरी हुई थी।

द से दिमाग का दही

चंदर के घर में घुसते ही सुधा ने पूरे घर का एक चक्कर लगाया और बोली,

"घर तो साफ-सुथरा है तुम्हारा।"

"हाँ तो, लड़के भी घर साफ रख सकते हैं यार!"

"बढ़िया है, वीकेंड पे घर नहीं मिला तो यहीं रह जाऊँगी।"

"Are you sure?"

"हाँ और क्या, तुम्हें कोई प्रॉब्लम है?"

"नहीं नहीं, लाओ सामान अंदर रख देता हूँ। कुछ खाओगी वैसे?"

"हाँ भूख लग रही है, मैगी है?"

"हाँ, तुम आराम करो मैं बना के लाया।"

"अच्छा सुनो?"

"क्या?"

"साथ में चाय भी बना दोगे क्या, उस चुड़ैल ने दिमाग का दही कर दिया?"

"ठीक है। दूध नहीं है, बिना दूध वाली चाय चलेगी तुमको?"

"बिना दूध वाली तो नहीं पीती मैं, कोई बात नहीं ट्राइ कर सकती हूँ। बना दो।"

"ठीक है मैडम।"

"तुम सोच रहे होगे न, कहाँ फँस गया!"

"हाँ सोच तो रहा हूँ, बहुत दिनों से मैं ऐसे ही फँसना चाहता था किसी के साथ। बिल्कुल ऐसे ही रात में 2 बजे किसी लड़की के साथ। गुड कि तुम्हारे साथ फँसा।"

"इसीलिए अकेले रहते हो, हैं? मैगी तो अच्छी बनाते हो तुम।"

"मैगी कोई खराब बना सकता है क्या, तारीफ पसंद है मुझे लेकिन जब किसी काम की चीज के लिए की जाए।"

"ठीक है, मुझे भी ऐसे ही तारीफ करना पसंद नहीं।"

"तो अभी क्यूँ की?"

"ऐसे ही इतनी रात में मैगी बना के दे रहे हो तुम, इसलिए।"

"इतनी formality की जरूरत नहीं है यार। अच्छा सुनो, तुम अंदर कमरे में सो जाना, मैं यहाँ बाहर सो जाऊँगा।"

"तुम्हें यहाँ हॉल में नींद तो आ जाएगी न?"

"क्यूँ, नींद क्यूँ नहीं आएगी?"

"ऐसे ही किसी लड़की के साथ घर में, रात में 2.30 बजे!"

"आ जाएगी यार, अंदर कमरे में सोता तो शायद नहीं आती।"

"ऑफिस कितने बजे जाते हो?"

"9 बजे पहुँच जाता हूँ।"

"सुबह उठा देना मुझे, नाश्ता बना दूँगी।"

"ओह मैडम! आपको इतना परेशान होने की जरूरत नहीं। सुबह बाई आती है। तुम बता दो क्या खाओगी मैं सुबह बनवा दूँगा।"

"अच्छा क्या बनाती है वो?"

"सब एक जैसा खराब बनाती है।"

"कोई बात नहीं। मैं सुबह बात कर लूँगी उससे।"

"अब सो जाएँ, 3 बज गए? तुम्हें कितने बजे उठाना है?"

"बाई आने पर उठा देना।"

"चलो, गुड नाइट!"

"गुड नाइट सुनना बिल्कुल भी पसंद नहीं मुझे।"

"मुझे भी पसंद नहीं है।"

"फिर बोला क्यूँ?"

"थोड़ी formality कर रहा था।"

"ठीक है, तुम करो formality मैं कल अपनी किसी फ्रेंड के यहाँ शिफ्ट हो जाऊँगी।"

"सॉरी यार, आगे से नहीं होगा। प्लीज शिफ्ट मत होना।"

"नहीं जाऊँगी अच्छा, लेकिन मुझे सॉरी और प्लीज से भी नफरत है। समझे?"

"ठीक है 'सॉरी, गुड नाइट, प्लीज' सब वापिस दे दो।"

"दे दिए वापिस। तुम भी क्या याद करोगे, चलो सो जाओ अब।"

सुधा वैसे भी अपनी PG वाली लड़की से लड़कर काफी थक चुकी थी, उसको घर में वैसे ही गहरी नींद आई जैसे कि अपने घर के बिस्तर पर नींद आती है। चंदर को बहुत देर तक नींद नहीं आई जैसे कि वो अपने घर पर नहीं किसी और के घर सोया हो।

प से पोहा

सुबह जब चंदर सोकर उठा तब पहली बार समझ में आया कि जब घर में दो लोग होते हैं तब घर कैसा महकता है, कैसा शोर करता है। खैर, सुधा ने न्यूज पेपर से बॉलीवुड वाला पेज निकालकर बाकी पेपर इधर-उधर फेंका हुआ था। उसकी हर चीज को लेकर एक ओपिनियन थी, हर चीज को लेकर। मसलन, चंदर बॉलीवुड वाला पेज नहीं पढ़ता था इसको लेकर भी।

"तुम बॉलीवुड वाली न्यूज क्यूँ नहीं पढ़ते?"

"फिल्म वाले बहुत खोखले लगते हैं मुझे और उससे भी ज्यादा उनकी खबरें। हमने फालतू ही सिर पे बैठा रखा है उनको।"

"तुम्हें कुछ पता ही नहीं है लाइफ का, बाकी न्यूज पेपर में तो जैसे बड़ी सही खबरें आती हैं?"

"और क्या आती तो हैं, सब पता चलता है दुनिया में क्या चल रहा है!"

"तुम बहुत भोले हो यार, न्यूज पेपर खबरें बताने से ज्यादा खबरें छिपाते हैं, समझे! वो बस हमें वही बताते हैं जिससे काम की न्यूज छुपी रह सके।"

"तो फिर तुम बॉलीवुड वाली न्यूज क्यूँ पढ़ती हो, जब पता ही है सब फर्जी है तो?"

"क्यूँकि वहाँ कम-से-कम फोटो तो अच्छी छपती है!"

"खैर छोड़ो, अरे वाह! इतने अच्छे पोहे तो बाई ने आज तक नहीं बनाए थे।"

"बाई ने नहीं बनाया है, मैंने बनाया है।"

"अरे, तुम्हें क्या जरूरत थी बनाने की?"

"अरे, बस ऐसे ही मन किया। उसको समझा दिया है मेरे हिसाब से बनाया करे।"

"वाह! सही है। बाई ने पूछा नहीं, दीदी आप भइया की कौन हैं?"

"पूछा था।"

"तो क्या बताया तुमने?"

"सब सच बता दिया हमारे बारे में।"

"मुझे भी बता दो थोड़ा, हमारे बारे में।"

"मैंने पहले ही बाई से पूछ लिया कि पहले भी कोई दीदी आई हैं क्या भइया के यहाँ?"

"वो क्या बोली?"

“वो बोली आती रहती हैं। भइया बहुत शौकीन हैं।”

“अच्छा और क्या बोली वो?”

“यही कि दीदी आप सबसे अच्छी हो आप मत जाना।”

“तो तुमने क्या कहा?”

“मैंने भी कह दिया आप भी मुझे पसंद हो। भइया को छोड़ भी दूँ आपको नहीं छोड़ूँगी।”

“पहली मुलाकात में इतनी बात कर ली तुमने?”

“और क्या स्टाइल है अपना। अब जाओ, तुम्हें ऑफिस के लिए देरी नहीं हो रही?”

“हो तो रही है, ऑफिस जाने का मन नहीं कर रहा।”

“वो तो तुम्हारा रोज ही नहीं करता होगा।”

“हाँ, लेकिन आज वजह अलग है।”

“क्या अलग है आज?”

“आज पोहे अच्छे बने हैं न!”

“क्या यार, एक बार झूठ ही बोल दिया होता कि आज तुम हो इसलिए मन नहीं कर रहा है।”

“बोलना चाहता तो था लेकिन कह नहीं पाया कि कहीं तुम्हें बुरा न लग जाए।”

“इंडिया में 90% लड़के ऐसे सोचने में ही रह जाते हैं। वो कॉर्नर सीट की टिकट ले तो लेते हैं लेकिन कुछ कर नहीं पाते। बस पूरी फिल्म में बैठकर पॉपकॉर्न खाते हैं।”

“और बाकी 10%?”

“10% लड़के तो useless ही हैं इंडिया में। ज्यादा ही हैं डिस्काउंट करके बता रही हूँ। देखो मेरा एक फंडा है लाइफ में।”

"क्या?"

"जब भी confusion हो कि ये काम करना चाहिए या नहीं करना चाहिए या फिर कोई बात बोलनी चाहिए या नहीं बोलनी चाहिए तो बस, बिना ज्यादा कुछ सोचे वो काम कर के देख लेना चाहिए। वो बात बोल के देख लेनी चाहिए। लाइफ बहुत आसान हो जाती है। लाइफ का बहुत बड़ा ज्ञान दे दिया तुम्हें। बहुत काम आएगा, समझे बच्चा?"

"अच्छा, कभी ऐसे सोचा नहीं यार।"

"आजकल के लड़के-लड़कियाँ ऐसे ही सोच पाते तो 85% लड़के लड़की की शादी तय होने के बाद नहीं बताते कि वो उन्हें प्यार करते थे।"

"100% में 10% useless हैं, बचे 90%। 90% में से 85% लड़की की शादी तय होने के बाद बोलते हैं। बचे 5%, उनका क्या मैडम?"

"5% लड़के इतने भी बुरे नहीं हैं मिस्टर, कुछ तो दिमाग लगाया करो। चलो ऑफिस जाओ लेट हो जाएगा और तुम इतने शर्मीले हो कि मुझसे कह भी नहीं पाओगे कि तुम्हारे चक्कर में देर हो गई।"

"मैं भी useless वाले 10% लड़कों में ही आता हूँ लगता है!"

"लड़के सारे ही useless होते हैं कुछ शादी के पहले होते हैं कुछ शादी के बाद हो जाते हैं। खैर, वो सब शाम को देखेंगे।"

"ठीक है चलो, टाटा! बाय-बाय!"

"टाटा! अच्छा सुनो शाम को कॉफी पीने चलते हैं।"

"ठीक है, 7 बजे मेरे ऑफिस के पास वाले कॉफी हाउस में मिलो।"

चंदर को आज ऑफिस जाते हुए रास्ते में ये नहीं लग रहा था कि अपने G विंग के फ्लैट नंबर 1102 से ऑफिस जा रहा है। फ्लैट का थोड़ा-सा हिस्सा 'घर' हो चुका था।

अ से a lot can happen over गोलगप्पे

सुधा की आदत थी, बिना पूछे जगह और प्लान बदल दिया करती थी। उसको जब भी कुछ बोलो तो कह देती कि 'ज़िंदगी के स्कूल में टाइम-टेबल के हिसाब से क्लास नहीं लगती। जो टाइम-टेबल के हिसाब से जिया वो पक्का फेल होता है।' शाम को कॉफी हाउस वाले प्रोग्राम को चेंज करके उसने गोलगप्पे का बना दिया।

"तुम तो कॉफी हाउस बैठने के लिए बोल रही थी, फिर गोलगप्पे?"

"गोलगप्पे का मूड बन गया। वैसे भी मुझे गोलगप्पे देखते ही खाने का मन करने लगता है। एकदम रोक नहीं पाती अपने-आप को। कोई प्रॉब्लम है गोलगप्पे खाने में?"

"नहीं प्रॉब्लम कुछ नहीं है। मुझे गोलगप्पे उतने पसंद नहीं है। हमेशा गले में सरक जाता है।"

"सही से खाना नहीं आता होगा तुम्हें।"

"अब गोलगप्पे भी कोई गलत तरीके से खा सकता है?"

"तुम तबसे खा ही रहे हो! पूरा एक बार में मुँह में डालना होता है। खैर छोड़ो। पता ही चल रहा है कभी कोई गर्लफ्रेंड नहीं रही तुम्हारी।"

"अब गोलगप्पे खाने से गर्लफ्रेंड का क्या कनेक्शन है?"

"है। तुम नहीं समझोगे, गर्लफ्रेंड को खिलाए होते तो खाने की तमीज आ गई होती। चलो हो गया मेरा, कॉफी हाउस चलते हैं।"

"पक्का? गोलगप्पे के बाद कॉफी?"

"क्यूँ ये कहाँ लिखा है कि गोलगप्पे के बाद कॉफी नहीं पी सकते?"

"अरे, नुकसान कर सकता है न!"

"नहीं करेगा चलो, मुझे बात भी करनी थी।"

"क्या बात?"

"कॉफी हाउस चलो तो पहले!"

"बात तो घर पे भी कर सकते हैं! मेरा मन नहीं है कॉफी हाउस जाने का।"

"ठीक है तो घर चलते हैं।"

"पहले बता देती तो बाई को मना नहीं करता, अब वो नहीं आएगी।"

"तो क्या हुआ, तुम बना देना कुछ।"

"मुझे कुछ भी बनाना नहीं आता।"

"सीख लो। गर्लफ्रेंड होती तो सीख चुके होते। खैर, शादी के बाद सीख जाओगे।"

"ये बार-बार गर्लफ्रेंड होती तो मत बोला करो। गर्लफ्रेंड है मेरी। मैंने कभी बताया नहीं किसी को।"

"भगवान पर से विश्वास ही उठ जाएगा यार! तुम्हारी गर्लफ्रेंड है! सच बताओ!"

"हाँ सच।"

"कहाँ रहती है, क्या करती है? कभी देखा नहीं?"

"वो यहाँ नहीं रहती। कभी-कभी आती है। उसी के लिए मैंने अलग घर लिया। वो मेरे पहले वाले flatmate के साथ comfortable नहीं थी।"

"फिर कब आ रही है वो?"

"पता नहीं।"

"क्यूँ नहीं पता? लाओ मोबाइल दिखाओ अपना।"

"मोबाइल क्यूँ?"

"फोटो दिखाओ उसकी। मोबाइल में पिक होगी न उसकी! नाम क्या है उसका?"

“घर चलो, सब बताता हूँ।”

“तब तक फोटो तो दिखाओ।”

“मोबाइल में फोटो नहीं है उसकी।”

“तो पर्स में होगा, वैसे भी तुम old fashioned वाले ही लगते हो।”

“पर्स में भी नहीं है।”

“गर्लफ्रेंड पक्का है भी न या कहानी सुना रहे हो?”

“सच बोल रहा हूँ, गर्लफ्रेंड है या ये कह लो गर्लफ्रेंड थी। उसको ‘थी’ बोलने की आदत नहीं हुई है अभी। घर चलो पूरी कहानी सुनाता हूँ।”

“यार, एक बात बोलूँ, बुरा तो नहीं मानोगे?”

“नहीं। बोलो।”

“दारू ले लो। बड़ी सैड स्टोरी लग रही है तुम्हारी। लव स्टोरी सैड हो या हैप्पी मैं बिना दारू के झेल नहीं पाती।”

“झेलनी पड़ेगी तो नहीं सुनाऊँगा यार।”

“नहीं, मुझे सुननी है।”

“ठीक है, घर चल के सुनाता हूँ और हाँ! उसको गोलगप्पे बहुत पसंद थे।”

स से सैड स्टोरी

सुधा ने घर पहुँचकर हाथ-मुँह धोया। कपड़े चेंज किए। लैपटाप पर जगजीत सिंह की गजल चला दी। कमरे की लाइट डिम कर दी और बोली,

“थोड़ा स्ट्रॉन्ग पेग बनाओ, तुम्हारी लव स्टोरी जितना स्ट्रॉन्ग।”

“मुझे लग रहा है तुम मेरी लव स्टोरी का मजाक उड़ाओगी।”

“पागल हो क्या, मजाक तो बंदा प्यार में पड़ते ही बन जाता है। अब क्या मजाक उड़ाना! अब तक तो तुम्हें आदत हो गई होगी।”

“Cheers!”

“Cheers! तो शुरू करो अपनी स्टोरी, वो कॉलेज में थी क्या?”

“नहीं, कॉलेज में नहीं, मुझे लखनऊ में समर ट्रेनिंग में मिली थी। हम दोनों का प्रोजेक्ट गाइड एक ही था। वहाँ कुछ ज्यादा काम था नहीं तो हम रोज वहाँ attendance लगाकर, मॉल में जाकर बैठ जाते थे।”

“टिपिकल स्टोरी लग रही है तुम्हारी। समर ट्रेनिंग वाले प्यार को समर ट्रेनिंग के सर्टिफिकेट जितना ही seriously लेना चाहिए यार, खैर आगे सुनाओ।”

“तो बस, 2 महीने में एक-दूसरे की आदत हो गई। कॉलेज में मोबाइल से टच में थे। 2-3 महीने में एक बार मिल लेते थे। फिर मेरी जॉब मुंबई में लग गई और उसकी दिल्ली में। वो कभी-कभी आती थी यहाँ, लेकिन उसको मुंबई पसंद नहीं आया।”

“सॉरी! मैं बीच में रोक रही हूँ। मुंबई क्यूँ पसंद नहीं आया उसे?”

“उसको यहाँ की भाग-दौड़ वाली लाइफ-स्टाइल पसंद नहीं थी।”

“बस इतनी-सी बात! उसको समझाना चाहिए था न कि मुंबई में रहने के लिए थोड़ी बेचैनी और थोड़ा पागलपन चाहिए।”

“समझाया था, वो समझी नहीं।”

“तुम्हें पूरा विश्वास है न कि प्यार करती थी वो तुमसे?”

“हाँ यार! दिन भर में कितनी बार ‘लव यू’ बोलती थी।”

“दिन भर ‘लव यू’ बोलना प्यार करने जितना आसान होता तो क्या बात थी। टिपिकल आजकल वाला प्यार है तुम्हारा। खैर, आगे सुनाओ।”

“आगे क्या, बस बड़ी मुश्किल से उसने घर पर बात की। मैं उसके घर गया। लेकिन उसके parents माने नहीं।”

"बस इतनी-सी थी कहानी और तुम देवदास बन गए! लड़कों का प्रॉब्लम ये है कि वो प्यार में बस देवदास होना चाहते हैं। इतना भी बुरा नहीं हुआ तुम्हारे साथ।"

"उसने शादी कर ली है।"

"ये तो और भी बढ़िया हुआ। दो-चार गाली-वाली दो और आगे बढ़ो।"

"मुझसे नहीं हो पाएगा।"

"तो ऐसे ही बने रहोगे। एक बात बताओ जब उसको आना ही नहीं था तब तुमने अलग घर क्यूँ लिया?"

"बस ऐसे ही।"

"अरे बताओ?"

"मुंबई की सबसे खराब बात यही है कि यहाँ अकेले रोने के लिए भी जगह बड़ी मुश्किल से मिलती है। वहाँ दोस्तों के साथ मैं सही से रो नहीं पाता था।"

"यार! ये रोने वाली बात से जो थोड़ी-बहुत चढ़ी थी, उतर गई। जल्दी खत्म करो और अगला बनाओ।"

"तुम्हें मेरे रोने वाली बात थोड़ी अजीब लग रही होगी न?"

"नहीं, बिल्कुल नहीं। बल्कि आज पूरी शाम की सबसे अच्छी बात ही यही है।"

"मेरा रोना अच्छा कैसे हो गया?"

"बढ़िया है तुम रो लेते हो, उनका क्या जो मौके पर सही से रो नहीं पाए!"

"अब जब मेरी कहानी हो गई है तो तुम अपनी कहानी क्यूँ नहीं सुनाती? क्यूँ नहीं करनी तुम्हें शादी? कुछ तो बात होगी?"

"मेरी कहानी में कुछ नहीं है यार, एंगेजमेंट हो गई थी हमारी। लव मैरेज को लेकर न उसके घर पे कुछ पंगा था न मेरे।"

"फिर?"

"फिर क्या, बस उसकी मम्मी ने मेरी मम्मी से एक दिन पूछ लिया, कार तो आप वैसे भी देते ही न शादी में! बस मेरा दिमाग सटक गया।"

"याद आती है उसकी?"

"यार, याद बड़ी कुत्ती चीज होती है, साली आ ही जाती है।"

"क्या करती हो याद आती है तो?"

"तो? सू सू आती है सू सू कर लेती हूँ। ऐसे ही याद आती है तो याद कर लेती हूँ।"

"कोई कॉल वगैरह? उसने बाद में कभी कोशिश नहीं की?"

"कोशिश की उसने। बहुत कोशिश की। वो बोला भी कि कार वो खरीद देगा। बस उसके parents को पता नहीं चलना चाहिए कि उनके बेटे ने कार खरीदी है। बस इस बात ने पुरानी सारी बातें खराब कर दी।"

"शादी हो गई उसकी?"

"हाँ, हो गई।"

"फिर तो याद नहीं आती होगी अब?"

"बताया न, याद बड़ी कुत्ती चीज़ होती है। आज के बाद से कभी तुम दारू पीकर प्यार-व्यार की बात मत करना मुझसे।"

"क्यूँ?"

"रोने के लिए मुंबई में जगह बहुत कम है न! cheers! सिगरेट पीते हो तुम?"

"मैं पीता नहीं। ले आता हूँ।"

"हाँ, चलो मैं साथ चलती हूँ। दारू पीने के बाद बाहर भटकना बड़ा अच्छा लगता है। सिगरेट तुम पीते नहीं हो, देवदास क्या खाक बनोगे!"

स से सिगरेट

चंदर को सुधा का सिगरेट पीना कभी अच्छा नहीं लगा। कोई ज्यादा नहीं, बस वो रात को खाने के बाद एक सिगरेट पीती थी। चंदर को सुधा की कई बातें सही नहीं लगती थीं। सुधा को भी चंदर की सारी बातें अच्छी नहीं लगती थीं। असल में किसी को भी किसी दूसरे के सारी बातें कभी सही लग ही नहीं सकतीं। लेकिन सच ये है कि चंदर कभी नहीं चाहता था कि सुधा सिगरेट छोड़े क्यूँकि सिगरेट पीकर वो बड़ी ही सही बातें करती थी। सिगरेट पीते ही हर बार ऐसा ही कुछ बोलकर शुरू करती थी-

"Smoking is injurious to health. कुछ भी लिखते हैं ये लोग।"

"कुछ भी क्या, सच तो है!"

"पागल हो तुम। सिगरेट नहीं सुलगती, बंदा बाकी तमाम वजहों से यूँ ही अपने-आप सुलगता रहता है। बस ब्लेम सिगरेट को करता है।"

"अच्छा, तुम क्यूँ सुलगती हो?"

"तुम्हारी वजह से।"

"अब मैंने क्या किया?"

"कुछ नहीं किया।"

"ये तो गलत है हर चीज के लिए ब्लेम करती हो तुम मुझे।"

"न किया करूँ ब्लेम? बहुत लोग तरसते हैं कि मैं उन्हें ब्लेम ही कर दूँ।"

"तो कर दिया करो लेकिन मुझपे इतना एहसान किसलिए?"

"क्यूँकि तुम सिगरेट हो मेरी, तुम्हें तो साँसें दे दीं यार।"

"समझ नहीं आया लेकिन सुन के अच्छा लग रहा है।"

"जो सुन के अच्छा लगता है वो अच्छा होता है और जो सुन के अच्छा न लगे वो अच्छा होकर भी अच्छा नहीं होता।"

"सिगरेट छोड़ दो।"

"नहीं छोड़ सकती, लेकिन तुम थोड़े-थोड़े दिनों में पूछ लिया करो, क्या पता कभी मूड बन जाए।"

"ठीक है, एक बात कहूँ?"

"कह दिया करो पूछा मत करो।"

"सिगरेट छोड़ दो।"

"आज नहीं छोड़ सकती, थोड़े दिन बाद पूछना।"

"सिगरेट छोड़ना बहुत आसान है यार! पेपर में सिगरेट छुड़वाने के इतने ऐड आते हैं उसमें से कुछ ट्राइ करते हैं।"

"तुम चिंता मत करो, मैं जो कुछ भी छोड़ती हूँ हमेशा के लिए छोड़ती हूँ। सिगरेट भी छोड़ूँगी तो हमेशा के लिए छोड़ दूँगी।"

"और मुझे?"

"तुम्हें कभी नहीं छोड़ूँगी क्यूँकि तुम्हें कभी पकड़ा ही नहीं।"

"सुनो।"

"क्या?"

"सिगरेट छोड़ दो।"

"इतना जल्दी-जल्दी बोलोगे तो अभी छोड़ दूँगी।"

"तो छोड़ दो न।"

"सिगरेट नहीं तुम्हें छोड़ दूँगी। मैं सिगरेट पीने के बाद कुछ भी बोलती हूँ तुम कभी seriously मत ले लेना। बस स्टाइल के लिए बोलती हूँ।"

"मैं सोच रहा हूँ, मैं भी सिगरेट शुरू कर देता हूँ।"

"पागल हो क्या। नहीं, तुम सिगरेट मत शुरू करना।"

"क्यूँ, तुम अपने पियो तो कुछ नहीं। हम क्यूँ नहीं पी सकते?"

"आदतें मुश्किल से छूटती हैं इसलिए।"

सुधा की देखा-देखी चंदर ने भी एक-दो बार सिगरेट पीने की कोशिश की लेकिन हर बार सुधा नाराज हो जाती। चंदर को सुधा का सिगरेट पीने से मना करना ज्यादा पसंद था।

च से चाउमीन

ऐसा नहीं था कि सुधा ने वीकेंड पर PG नहीं ढूँढ़ा। अखबार रखे-रखे कब जुड़कर महीने भर की रद्दी हो जाते हैं पता नहीं चलता। ऐसे ही चंदर और काम वाली बाई दोनों को सुधा का रहना पता नहीं चला। कई बार रद्दी में पुराने खोए हुए दिन चाय के निशान के साथ मिल जाते हैं और हम ऐसे ही न जाने कितने दिन रद्दी में कौड़ी के भाव से बेच देते हैं। खरीदने-बेचने में हम अभी भी कच्चे हैं। पूरी जिंदगी पता नहीं क्या कमाने की फिक्र में हम समझ ही नहीं पाते कि बचाना क्या है और बेचना क्या। जितनी यादें हमने बनाई होती हैं उस पर वो यादें हमेशा भारी पड़ती हैं जो हम बना सकते थे। काश! कि कोई दूसरी दुनिया होती जिसका दरवाजा इस दुनिया से खुलता। काश! कि उस दूसरी दुनिया में जिंदगी उल्टी चलती तो सबसे पहले लोग अपने बचपन का fixed deposit करा लेते। ऐसे ही एक दिन जब चंदर महीने भर की रद्दी बेचने के लिए इकट्ठा कर रहा था तो वो बोली,

"एक मिनट, पेपर दिखाना जरा।"

"लो देखो।"

"मुझे आए हुए एक महीने से ऊपर हो गया।"

"पेपर से दिन याद रखती हो क्या?"

"और क्या, पेपर की फोटो से। जिस वीक मैं आई थी उस वीकेंड पर ये फोटो आई थी।"

"मुझे तो अखबार से दिन याद नहीं रहते। बावजूद उसके कि पेपर पे डेट लिखी रहती है।"

"तुम पेपर पढ़ते हो न इसलिए। खैर, मैं सोच रही थी PG क्या ढूँढूँ! यहीं permanently रुक जाती हूँ। हम साथ रह लेते हैं। लड़कियों के साथ वैसे भी मेरी सेटिंग सही नहीं हो पाती।"

"लिव-इन, यू मीन?"

"लिव-इन बोल के चीप मत बनाओ।"

"अरे, लिव-इन को लिव-इन नहीं तो क्या चाउमीन बोलेंगे?"

"हाँ, वो ठीक है। लेकिन सुनने में थोड़ा-सा चीप लगता है लिव-इन। वैसे तुम्हें पता है, तुम्हारे साथ रहने का फैसला क्यूँ किया मैंने?"

"क्यूँ किया?"

"क्यूँकि तुम चैट करते हुए ok को केवल k नहीं लिखते।"

"बस इतना ही देखा तुमने?"

"और क्या! ok को k लिखने में लोग पता नहीं कितना टाइम बचा लेते हैं!"

"कुछ तो और देखा होगा?"

"और कुछ क्या देखना है! कह तो तुम ऐसे हो रहे हो जैसे तुमसे शादी करनी हो और सब ठोंक-बजा के मैं चेक कर लूँ पहले ही!"

"क्या पता शादी तक बात पहुँच ही जाए तो?"

"लड़के तुरंत शादी का सोचने लगते हैं न?"

"लड़कों का क्या पता! मुझे अपना पता है।"

"क्या पता है तुम्हें?"

"यही कि तुमसे शादी कर सकता हूँ।"

"शादी तभी करूँगी जब अपनी गर्लफ्रेंड के लिए देवदास बनके

दिखाओगे। थोड़ा पागल-वागल हो जाओ उसके लिए तब सोचूँगी। तब लगेगा न कि लड़का पहले committed रह चुका है। अभी तो ब्रेकअप हुए 6 महीने भी नहीं हुए तुम्हें। और हाँ, शादी-वादी के चक्कर में नहीं पड़ना मुझे। पहले ही बता रही हूँ।"

"क्यूँ?"

"ऐसे ही, सब बताना जरूरी है?"

"हाँ है जरूरी, आखिर हम साथ रहना शुरू करने वाले हैं तो सबकुछ जानना जरूरी है।"

"सब बताने से तो आसान है PG ढूँढ़ लेना। एक काम करते हैं PG ढूँढ़ने चलते हैं।"

"सही में?"

"और क्या! मुझे लगा था हमारे बीच चाउमीन बन सकता है। तुम तैयार ही नहीं हो।"

"मैं तो तैयार हूँ। तुम ही कुछ बताने को तैयार नहीं हो।"

"वो रिश्ते कभी लंबे नहीं चलते जिनमें सबकुछ जान लिया जाता है।"

"तो कौन से चलते हैं?"

"जिसमें कुछ-कुछ बचा रहता है जानने को।"

"मैं नहीं मानता।"

"नहीं मानते तो कोई बात नहीं। चलो तैयार हो जाओ PG ढूँढ़ने चलते हैं।"

"नहीं, सही में चलना है PG ढूँढ़ने?"

"हाँ और क्या?"

"छोड़ो कहाँ जाओगी! बाई को तुम्हारी आदत हो गई है उसकी खातिर रुक जाओ।"

"ये हुई न बात! वैसे अगर कभी मुझे रोकना चाहते हो तो कभी अपने लिए रुकने के लिए मत कहना।"

"कभी-कभी मुझे तुम्हारी बातें समझ नहीं आतीं।"

"कोई बात नहीं, सब समझना जरूरी नहीं। आज शाम को कहीं बाहर चलते हैं। समंदर देखे हुए बहुत दिन हुए।"

"चाउमीन खाए हुए भी।"

म से मोमेंट

सुधा समंदर के पास जाकर एकदम चुप हो गई। चंदर को लगा शायद लिव-इन वाली बात का बुरा मान गई है। चंदर ने पूछा तो कुछ बोली नहीं। बहुत देर तक समंदर में पैर गीले करके टहलती रही। फिर जब सूरज समंदर की प्याली में नमक जैसा घुल गया तब बोली-

"यार, मैं PG ही ले लेती हूँ।"

"कुछ बुरा लग गया क्या?"

"नहीं वो बात नहीं है यार। मुझे तो शादी करनी नहीं है। मेरे साथ रहोगे तो तुम्हारा घर बसने में दिक्कत हो जाएगी।"

"अरे बाप रे! इतनी देर से यही सोच रही थी क्या?"

"नहीं।"

"फिर क्या सोच रही थी इतनी देर से?"

"यार समंदर के किनारे गीली मिट्टी पर चलते हुए लगता है कोई बस प्यार से गले लगा ले। प्यार गीली रेत जैसा ही तो होता है। कब पैर के नीचे से फिसल जाए पता नहीं चलता और तुम इतने फट्टू हो कि अगर मैं बोल

भी दूँ कि गले लगा लो तो भी तुम्हारी हिम्मत नहीं होगी।"

"हिम्मत वाली क्या बात कर दी, एक बार बोल के देखो।"

"मुझे गले लगा लो अभी तुरंत, जैसे अपनी गर्लफ्रेंड को लगाते थे।"

"अभी?"

"तुम फट्टू हो रहने दो।"

"मैं लगा लेता हूँ गले।"

"रहने दो वो मोमेंट चला गया।"

"मुझे लगा था तुम मजाक कर रही हो।"

"मैं समंदर के पास कभी मजाक नहीं करती।"

"क्यूँ?"

"क्यूँकि मजाक करने से वो मोमेंट चला जाता है।"

समंदर के किनारे टहलते हुए सुधा ठीक वैसे जीती थी जैसे हर एक साँस में जिंदगी भर रही हो। समंदर किनारे टहलते हुए सुधा अपनी एक भी साँस वेस्ट नहीं करना चाहती थी। थोड़ा अजीब है लेकिन समंदर जितना बेचैन होता है हम उसके पास पहुँचकर उतना ही शांत हो जाते हैं। यही जिंदगी का हाल है पूरा बेचैन हुए बिना जैसे शांति मिल ही नहीं सकती।

सुधा और चंदर जब भी समंदर के पास जाते तो डिनर वहीं समंदर के पास 'शिव सागर रेस्टोरेंट' में करते। सुधा का आज 'शिव सागर' में खाने का मन नहीं था। उसने चंदर से कहा,

"कहीं ऐसी जगह ले चलो जहाँ बहुत शोर हो।"

चंदर सुधा को जुहू के ही एक डिस्क में लेकर गया। वहाँ इतना शोर था कि वो चाहकर भी बात नहीं कर सकते थे। कुछ बोलने के लिए बार-बार चंदर को सुधा के कान के एकदम पास जाकर बोलना पड़ रहा था। सुधा ड्रिंक लेने के बाद थोड़ा नॉर्मल हुई। वो अब न केवल चंदर के कान में बोल रही थी बल्कि चंदर के गाल पर बोल रही थी। उसके होंठों पर जो समंदर

चिपका हुआ था वो अब चंदर के गाल और कान पर थोड़ा-थोड़ा बिखर गया था। चंदर को अपने गालों पर गीला-गीला समंदर, रेत, सुधा, सुधा की साँसें और मोमेंट महसूस हुए। ठीक इस मोमेंट चंदर को जिंदगी से कोई शिकायत नहीं थी।

डिस्क का शोर बढ़ता जा रहा था। सुधा शांत होती जा रही थी। चंदर बिना बात की बातों से बार-बार सुधा के कान और गाल को अपने होंठों से छूकर जिंदगी की तसल्ली कर रहा था।

एक-आधे मोमेंट को पकड़कर छूने का मौका जिंदगी सबको देती है। चंदर के लिए ये वही एक मोमेंट था। चंदर ने अपनी आँखों से इस पल को फ्रीज करके कहीं रख लिया था। हम यादें कहाँ रखते हैं ये तो खैर किसी को पता नहीं होता। काश! कि हम अपनी यादें समझ पाते। काश! कि हम जिंदगी समझ पाते, काश! कि हम मोमेंट थोड़ा लंबे टाइम तक पकड़ पाते।

ड से डबल बेड

घर में एसी एक ही कमरे में था तो डिसाइड ये हुआ कि चंदर सुधा एक ही कमरे में सोया करेंगे। बेड पे चंदर और नीचे गद्दा बिछा के सुधा। एक ही कमरे में ये चंदर और सुधा का पहला दिन था। चंदर अच्छा-खासा घबराया हुआ था। ये बात सुधा तुरंत समझ गई। इसलिए बोली,

“डरना मत, कुछ करूँगी नहीं।”

“तुम भी मत डरना, कुछ करूँगा नहीं।”

“हाय! काश कि बोल दिया होता कि कुछ करोगे।”

“वैसे क्या लगता है तुम्हें? किसी दिन रात को सोते हुए मेरी नीयत खराब हो सकती है क्या?”

"नहीं फट्टू हो तुम। तुम्हारी तो नहीं ही होगी। हाँ, मेरी हो सकती है।"

"सही में नीयत डोल गई तो क्या करोगी?"

"वही जो करना चाहिए।"

"क्या?"

"भजन गाना शुरू कर दूँगी, ताकि मन में सेक्स के बुरे खयाल न आएँ।"

"पहले बताना था न! पहले ही डबल बेड ले लेता। सोचा था शादी के बाद लूँगा।"

"इंडिया का प्रॉब्लम ही यही है।"

"क्या?"

"यही कि हम शादी को डबलबेड और डबलबेड को शादी समझ लेते हैं। चलो सो जाओ अब, ज्यादा बातें करोगे तो मेरी नीयत कभी भी खराब हो सकती है। पता चला सुबह फटे हुए कपड़ों में चादर लपेटकर रोते हुए मिलो।"

"लाइट ऑफ कर दो।"

"मुझे लाइट से कोई दिक्कत नहीं होती।"

"स्विच तुमसे ज्यादा पास है।"

"मैं लाइट बंद नहीं करूँगी। जिसको दिक्कत होती है वो करे।"

"हद है यार! बड़ी अजीब हो तुम!"

"हाँ हूँ, तो कोई प्रॉब्लम है?"

"नहीं कोई प्रॉब्लम नहीं है। सो जाओ।"

चंदर ने उठकर लाइट बंद की और सुधा के पैर के पास बैठ गया। सुधा के पैर की सबसे छोटी उँगली को सहलाने लगा। सुधा चुपचाप उँगली सहलवाने लगी। चंदर की उँगलियों ने सुधा के तलवे पर गुनगुनाना शुरू कर दिया। कमरे में बाहर से बहुत थोड़ा-सा उजाला आ रहा था। इतना उजाला जो केवल बत्ती बंद होने के पाँच मिनट बाद दिखना शुरू होता है। बाहर के

उजाले ने कमरे में घुसकर चंदर को परछाईं बना दिया। चंदर की परछाईं ने सुधा को छूकर उजाला कर दिया।

“पूरा पैर दबा दो यार।”

सुधा ने ये बोलते हुए अपना पूरा पैर आगे कर दिया। चंदर की परछाईं ने बिना कुछ बोले सुधा के पैरों को दबाना शुरू कर दिया।

“यार, बाद में मैं असिस्टेंट रखूँगी जो सोने से पहले मेरे पैर दबाएगी।”

चंदर ने कोई जवाब नहीं दिया।

“बस, अब थोड़ी-सी पीठ सहला दो।”

चंदर ने सुधा को पलटा और पीठ सहलाने लगा।

“ब्रा स्ट्रैप खोल दो।”

चंदर के लिए ब्रा स्ट्रैप खोलना कोई नयी बात नहीं थी लेकिन वो हर बार थोड़ा-सा अटक जाता था। उसने कोशिश की स्ट्रैप खुला नहीं तो उसने दोनों हाथों से कोशिश की, अब भी स्ट्रैप नहीं खुला। सुधा ने अपने एक हाथ से स्ट्रैप खोल दिया और अपने हाथ स्ट्रैप वाली जगह पर रख के बताया कि यहाँ सहला दो।

“दिन भर पहने-पहने निशान पड़ जाता है।”

चंदर ने निशान को महसूस किया और उसको अपनी सहलाहट से भरने की कोशिश करने लगा। कमरे के उजाले ने सुधा और चंदर की परछाइयों को मिलाकर एक कर दिया। चंदर और सुधा दोनों ने एक-दूसरे के समंदर को अपने होंठों से छुआ। ऐसे छुआ जिससे एक-दूसरे का कोई भी कोना सूखा न रहे। सुधा ने चंदर की महक से साँस ली। चंदर ने कमरे के अंधेरे को अपनी आँखों में भर लिया। कपड़ों ने अपने-आप को खुद ही आजाद कर लिया और कमरे के कोने में जाकर पसर गए। गद्दे पर जैसे चंदर और सुधा एक-दूसरे में घुले जा रहे थे, गद्दे के पास रखे दोनों के कपड़े एक-दूसरे में उलझे जा रहे थे। कपड़ों में थोड़ी-सी रेत, थोड़ी-सी शाम, थोड़ा उजाला और

थोड़ा-सा समंदर था। चंदर और सुधा वो महसूस कर रहे थे जो दुनिया के पहले आदमी ने दुनिया की पहली औरत के साथ महसूस किया था। ठीक उतनी देर चंदर दुनिया का पहला आदमी बन गया था और सुधा दुनिया की पहली औरत। तब तक लोगों ने बोलना नहीं सीखा था और वो बिना मिलावट किए केवल छूकर बात किया करते थे। चंदर और सुधा ठीक उतनी देर अपनी बोली, अपनी भाषा भूल चुके थे। ये जगने और सोने के बीच की वो दुनिया थी जिसमें समझ नहीं आता कि जाना कहाँ है। दोनों नींद में थे। दोनों जगे हुए थे। दोनों बोल रहे थे। दोनों चुप थे। कपड़े सूखकर भीग चुके थे। चंदर सुधा के कंधे पर सिर रखकर छुप गया था। सुधा के बाल चंदर के चेहरे की चादर बन गए थे। एक बार में चंदर का जितना हिस्सा सुधा को छू सकता था, उतने हिस्से में सुधा को समंदर महसूस हो रहा था। दुनिया अपने वजूद पर खुश थी। रात सुबह के इंतजार में अपना रंग बदल रही थी। तारे छुट्टी के लिए टिमटिमाकर गिड़गिड़ा रहे थे। सुबह ने अपने होने से पहले रात की पीठ को सहला दिया था। रात भर बेड ने चंदर का इंतजार किया।

अ से आलमारी

ऐसे तो चंदर सुबह अलार्म क्लॉक बजने के 20 मिनट बाद बंद करता था। लेकिन अब अलार्म क्लॉक के बजते ही उसको बंद करना शुरू कर दिया था ताकि सुधा की नींद न खुल जाए। ऐसी सुबहें अभी चंदर और उसके घर के लिए नयी थीं। सुबह उठने के बाद चंदर सामने खिड़की का पर्दा हटाकर सुधा को थोड़ी देर तक ऐसे देखता जैसे अखबार में छपी कोई अच्छी खबर। सुधा अलार्म की आवाज से जग जाती लेकिन चंदर उसे देखते हुए डिस्टर्ब न हो जाए इसलिए वो थोड़ी देर तक सोने का नाटक करती।

अब उसका गद्दा नीचे नहीं बिछता। उन्होंने डबल बेड भी नहीं लिया।

दो लोग जब बहुत पास आ जाते हैं तो उनकी आलमारियाँ एक हो जाती हैं। थोड़ा और पास आ जाते हैं तो आलमारी में जगह कम पड़ने लगती है। सुधा की आलमारी में कभी कपड़े कम हो जाते थे तो कभी आलमारी में जगह, ऐसे ही एक दिन वो बोली-

"कपड़े नहीं हैं मेरे पास।"

"इतने सारे हैं तो, लास्ट टाइम हम शॉपिंग से आए थे तो तुमने कहा था कपड़े रखने के लिए आलमारी छोटी पड़ रही है।"

"तुम पागल हो, लड़कियों के कपड़े कभी पूरे नहीं होते। कितनी बार समझाऊँ तुम्हें।"

"ठीक है मत समझाओ। लेकिन अब क्या प्लान है?"

"किस चीज का प्लान?"

"यही कि पहले कपड़े लेने चलना है या आलमारी।"

"तुम मेरा मजाक उड़ा रहे हो।"

"नहीं, बिल्कुल नहीं। जब उड़ाता हूँ तब तुम्हें लगता नहीं है, जब लगता है तब उड़ाता नहीं।"

"पहले कपड़े ही ले लेती हूँ।"

"क्यूँ?"

"नयी आलमारी भरने के लिए बहुत शॉपिंग करवानी पड़ेगी न तुम्हें और आज उतनी शॉपिंग का मूड नहीं है।"

"मैं शॉपिंग कहाँ करवाता हूँ! तुम अपने कार्ड से ही पे करती हो।"

"शॉपिंग करवाना केवल पैसे देना थोड़े होता है, पागल!"

"तो क्या होता है, थोड़ा समझाओ।"

"शॉपिंग करवाना मतलब उतना टाइम देना, उससे कम और उससे ज्यादा कोई किसी को कुछ दे भी कहाँ सकता है!"

"इतनी बड़ी-बड़ी बातें मत किया करो।"

"ठीक है, शॉपिंग पर चलें फिर?"

"हाँ, चलो लेकिन आज पेमेंट मैं करूँगा।"

"क्यूँ करोगे?"

"क्यूँकि मेरी आलमारी में बहुत जगह है तुम्हारे कपड़ों के लिए।"

"कभी तो अच्छे रीजन दिया करो।"

"ठीक है, अगली बार से कोशिश करूँगा।"

"वैसे, आलमारी में कपड़ों की जगह बचाने के बजाय अपनी लाइफ में थोड़ा ज्यादा टाइम सेव किया करो मेरे लिए, समझे?"

"नहीं समझा।"

"कोई बात नहीं, शॉपिंग पर चलो समझ जाओगे।"

यूँ तो दुनिया के ज्यादातर लड़के शॉपिंग से नफरत करते हैं, चंदर भी नफरत करता था। सुधा को भी कोई शॉपिंग ज्यादा पसंद नहीं थी। चंदर के घर के एकदम पास में मॉल था लेकिन सुधा को मॉल के बजाय, कार्टर रोड के पास वाली फैशन स्ट्रीट में शॉपिंग करना पसंद था। मॉल अपने साथ तमाम चीजें लाए और ले गए, मोल-भाव करना भी उनमें से एक है। सुधा को शॉपिंग के लिए कोई भी ऐसी जगह पसंद थी जहाँ मोल-भाव किया जा सकता हो। सुधा शॉपिंग से ज्यादा मोल-भाव करके खुश थी। दोनों बहुत थक गए और लौटने के बाद तुरंत ही सो गए।

ब से बैड वाला मॉर्निंग

चंदर हमेशा सुधा के नहाने के बाद नहाने जाता। उसको सुधा के नहाने के

बाद बाथरूम की महक बहुत अच्छी लगती थी। जैसे ही कोई नया घर में रहना शुरू करता है तो सबसे पहले बाथरूम बदलता है। सुधा ने अपना फेसवॉश, शैम्पू सब बाथरूम में लगा दिया था। प्यार जैसा शब्द खोजने के बाद दुनिया ने नए शब्द ढूँढ़ना बंद कर दिया जबकि दो लोग आपस में रोज कुछ ऐसा नया ढूँढ़ लेते हैं जिसको प्यार बोलकर छोटा नहीं किया जा सकता। चंदर सुधा में रोज नया शब्द ढूँढ़ रहा था और सुधा चंदर में रोज नयी किताब।

"गुड मॉर्निंग!"

"तुम्हें पता है कि मुझे ये गुड मॉर्निंग विश करना पसंद नहीं है, फिर भी बार-बार बोलते हो।"

"ठीक है, बैड मॉर्निंग!"

"यार, मॉर्निंग केवल मॉर्निंग नहीं हो सकती, गुड बैड के चक्कर में क्या पड़ना?"

"खैर, बताओ क्या लोगी, चाय या कॉफी?"

"तुम्हें पता है मुझे कॉफी नहीं पसंद, फिर भी गुड मॉर्निंग के जैसे बार-बार पूछते हो। कितनी बार और बोलूँ?"

"मुझे पता है हम दोनों को 'गुड मॉर्निंग' कहना पसंद नहीं है और न ही कॉफी पसंद है। कभी-कभी दो लोगों में प्यार के लिए पसंद नहीं नापसंद मिलने चाहिए, ताकि वो एक-दूसरे को छू पाएँ।"

"क्यूँ छूना है?"

"ताकि जान पाएँ एक-दूसरे को।"

"बिना छूए भी किसी को जाना जा सकता है।"

"लेकिन महसूस नहीं किया जा सकता।"

"तो ये बोलो न कि महसूस करना है।"

"तुम्हें पता है मैं कह नहीं पाता सही से कुछ भी।"

"झूठ!"

"सच! खैर, मुझे शाम ज्यादा पसंद है।"

"क्यूँ?"

"क्यूँकि तुम पहली बार शाम को ही मिली थी न।"

"कभी कुछ नया भी बोला करो, फिल्में हमें कितना नॉन क्रिएटिव बना देती हैं और तुम्हें तो कुछ ज्यादा ही बना दिया है। हम दिन में सवा बारह बजे मिले थे।"

"शाम मुझे इसलिए पसंद है क्यूँकि शाम को छुट्टी होती है।"

"छुट्टी होती है तो?"

"छुट्टी होती है तो घर आता हूँ।"

"घर आते हो तो?"

"शाम को पहली बार फुर्सत से तुम्हें देख पाता हूँ न, सुबह ऑफिस की जल्दी रहती है।"

चंदर और सुधा की बातें वैसी होती जा रही थीं जैसी एक स्टेज के बाद हो जाती हैं। जब बातों का कोई मतलब नहीं रह जाता, जब बातें बात बढ़ाने के लिए नहीं बस वक्त बढ़ाने के लिए की जाती हैं। दुनिया ने सालों से नयी बातें ढूँढ़ी नहीं है। बस हर बार बातें करने वाले लोग नए हो जाते हैं। इस दुनिया में जो कुछ भी महसूस करने लायक है उसे इस दुनिया के पहले आदमी औरत ने महसूस किया था और इस दुनिया के आखिरी आदमी औरत महसूस करेंगे। जिंदगी एक ऐसा राज़ है जो बिना जाने हर जेनेरेशन बस आगे बढ़ाते चले जाती है।

क से कॉर्नर सीट

दोनों अक्सर संडे सुबह वाले मॉर्निंग शो देखते थे। सुधा को रात में मूवी

देखना बिल्कुल भी पसंद नहीं था। मॉर्निंग शो देखने की उसकी वजह बड़ी ही अजीब थी। पूछो तो बोलती थी,

"सुबह वाले शो में लड़के-लड़कियाँ दिखते हैं जिनको नया-नया प्यार हुआ होता है।"

"लेकिन हम तो मूवी देखने आए हैं। नया-नया प्यार देखने थोड़े और ये नया-नया प्यार क्या होता है। प्यार-प्यार होता है।"

"छोड़ो, तुम ये बताओ, married couple और unmarried couple में क्या फर्क होता है?"

"क्या?"

"married couple मूवी हाल में कॉर्नर सीट नहीं मिलने पर परेशान नहीं होते। लेकिन तुम होते हो।"

"हाँ तो, तुम भूल जाती हो, हमारी शादी नहीं हुई है।"

"मुझे लगता है हमें कॉर्नर सीट किसी unmarried couple के लिए छोड़ देनी चाहिए।"

"छोड़ सकते हैं, तुम शादी कर लो।"

"तुमसे शादी नहीं हो सकती मेरी।"

"क्यूँ, पढ़ा-लिखा हूँ! ऑफिस में लोगों को समझदार लगता हूँ। ठीक-ठाक दिखता हूँ। ठीक-ठाक कमा लेता हूँ। तुम्हें क्या पसंद है क्या नहीं, सब पता है। बेड पर अच्छा हूँ। तुम्हें पूरे 6 महीनों से जानता हूँ। कमी क्या है मुझमें! क्यूँ नहीं हो सकती हमारी शादी?"

"इसीलिए नहीं हो सकती क्यूँकि तुम सब जानते हो मेरे बारे में।"

"इसीलिए तो होनी चाहिए, ये क्या बात हुई?"

"शादियों में लोग एक-दूसरे के बारे में इतना कहाँ जान पाते हैं जितना तुम जानते हो! इसीलिए नहीं हो पाएगी शादी।"

"कोई और वजह दो शादी न करने की।"

"बोरिंग हो तुम, आज तक तुमने प्यार के लिए प्रपोज भी नहीं किया और शादी करनी है।"

"प्यार के लिए प्रोपोज करना कितना चीप लगता है!"

"क्या चीप लगता है?"

"यही 'आइ लव यू' बोलना। दुनिया में इससे ज्यादा बोरिंग कुछ नहीं होता। एक लड़का इससे ज्यादा बोरिंग कुछ नहीं बोल सकता। लड़की 'लव यू टू' से ज्यादा बोरिंग कुछ नहीं बोल सकती।"

"बोरिंग हो तुम।"

"ठीक है हूँ बोरिंग, लेकिन बाकी वजहें काफी नहीं हैं शादी के लिए?"

"नहीं हैं, और सुनो अगली बार से कॉर्नर सीट मत लेना, फिल्म के बीच में बहुत बोलते हो तुम।"

जो लोग प्यार में होते हैं वो अपने साथ एक शहर, एक दुनिया लेकर चलते हैं। वो शहर जो मूवी हॉल की भीड़ के बीच में कॉर्नर सीट पर बसा हुआ होता है, वो शहर जो मेट्रो की सीट पर आस-पास की नजरों को इग्नोर करता हुआ होता है। वो शहर जिसको केवल वो पहचान पाते हैं जिन्होंने कभी अपना शहर ढूँढ़ लिया होता है या फिर जिनका शहर खो चुका होता है। हम सभी ने अपने न जाने कितने शहर खो दिए हैं, इतने शहर जिनको जोड़कर एक नयी दुनिया बन सकती थी।

म से मोबाइल

दिन और रात दोनों रोज एक-दूसरे के करीब आते हैं लेकिन कभी ठहरकर एक नहीं हो पाते। ऐसे चंदर और सुधा थे। दोनों करीब तो आ गए थे लेकिन एक होना सुधा चाहती नहीं थी। दिन भर कोर्ट में वो डिवोर्स के लिए लोगों

को लड़ते हुए देखकर शादी से डर चुकी थी। उसको यही लगता था कि शादी से सबकुछ खत्म हो जाता है। ये बात चंदर समझता तो था लेकिन उसको लगता था कि एक दिन वो सुधा को मना लेगा।

"चंदर, तुम्हें कितनी बार मना किया है, मेरा मोबाइल मत चेक किया करो।"

"कोर्ट में कौन-कौन लाइन मारता है तुमपे, बस यही चेक करता हूँ।"

"कोई मुझपे लाइन नहीं मारता।"

"क्यूँ?"

"मैं मारती हूँ सारे स्मार्ट लड़कों पे लाइन।"

"अच्छा, लाइन मारती हो तो लड़के क्या करते हैं?"

"लाइन देते हैं।"

"फिर क्या करती हो?"

"बस बंदा ठीक-ठाक लगे तो बंदे के साथ लंच करने बाहर जाती हूँ।"

"वहाँ भी ठीक लगे तो?"

"तो बात आगे बढ़ाती हूँ।"

"बात आगे कैसे बढ़ती है, मुझे सिखाओ। इतने दिनों से एक ही लड़की के चक्कर में अटका हुआ हूँ।"

"बात बढ़ाने में क्या है, बंदे को एक दो बार डेट-वेट मारती हूँ।"

"कोई पसंद नहीं आया अभी तक?"

"आते हैं। शुरू में सब सही लगते हैं, बस जैसे ही रोमांटिक होने लगते हैं मेरा टर्न ऑफ हो जाता है थोड़ा।"

"रोमांस पसंद नहीं तुम्हें?"

"बिल्कुल भी नहीं।"

"फिर क्या पसंद है?"

"बस कोई बिना रोमांस वाला प्यार करे।"

"वो कैसे करते हैं?"

"मुझे क्या पता, इसीलिए तो लाइन मारती रहती हूँ, तुम नहीं मारते अपने ऑफिस में लाइन?"

"मारता हूँ।"

"तो बात आगे नहीं बढ़ी कभी?"

"एक-दो बार बढ़ी लेकिन बंदियाँ थोड़ा जल्दी रोमांटिक हो जाती हैं।"

"तो तुम्हें रोमांस पसंद नहीं है?"

"बहुत पसंद है, हर लड़के को होता है।"

"तो बात आगे बढ़ाओ, फिर क्या दिक्कत है जल्दी रोमांटिक होने दो बंदी को।"

"रोमांटिक होते ही मेरा भी टर्न ऑफ हो जाता है।"

"कोई बात नहीं थोड़ा और टाइम दो।"

"दे तो रहा हूँ। एक काम करो, तुम मुझसे ही चक्कर चला लो।"

"कभी नहीं।"

"क्यूँ?"

"तुम जल्दी रोमांटिक नहीं होते न!"

"जो जल्दी होता है उससे नहीं चलाना चक्कर, जो देर में होता है उससे भी नहीं चलाना, चाहती क्या हो?"

"रोमांस विथ टाइमिंग, लाओ अपना मोबाइल दिखाओ। चलो!"

"नहीं दिखा सकता मोबाइल।"

"क्यूँ ऐसा क्या है उसमें?"

"ऐसा कुछ भी नहीं है, इसलिए।"

आधा ब से ब्ला ब्ला ब्ला

कुछ दिन जिंदगी की फिल्म में बस होते हैं। वो दिन क्यूँ आकर क्यूँ चले जाते हैं पता नहीं चलता। वो न हमारी कहानी आगे बढ़ाते हैं न ही कुछ बताते हैं। उन दिनों को अगर जिंदगी से हटाकर देखो तब कुछ अधूरा रह जाता है और अगर जोड़ दो तो भी कहानी पूरी नहीं बनती। कभी-कभार उदास शामें, उदास बातें भी करते रहना चाहिए। हमें सुकून तभी मिलता है जब हम उदासियों से लौट-लौटकर बार-बार मिलते हैं। चंदर पुराने किस्से से आगे बढ़ चुका था। सुधा बहुत आगे बढ़ चुकी थी लेकिन दोनों का अधूरापन वैसे-का-वैसा था। आगे बढ़ जाना, कुछ टाइम बाद सब नॉर्मल हो जाना, बड़ी-से-बड़ी बात झेल जाना भी अपने-आप में कितना खतरनाक है, ये इकलौती बात हमें जानवर बनाती है।

"बहुत प्यार करते थे उससे?"

"बहुत प्यार क्या होता है, प्यार करता था।"

"आई मीन, प्यार करते थे उससे, उसके बिना रह नहीं सकते थे?...ब्ला ब्ला ब्ला।"

"ब्ला ब्ला ब्ला... क्या होता है?"

"पता नहीं। प्यार में आदमी ब्ला ब्ला ब्ला होकर ही रह जाता है, उसके साथ सेक्स तो हुआ था न?"

"ये पर्सनल सवाल है।"

"ठीक है मत बताओ, वैसे हुआ था। बताओ न?"

"हाँ।"

"Was she good? सॉरी! फिर से पर्सनल हो गया?"

"Yes! she was amazing."

"और तुम?"

“Of course! I was also....good...I mean amazing.”

“ये तो उस बंदी से पूछना पड़ेगा।”

“प्रॉब्लम क्या है तुम्हारा?”

“कुछ नहीं। खैर, ये बताओ बिना सेक्स के प्यार हो सकता है क्या?”

“ये कोई सवाल ही नहीं हुआ।”

“प्लीज यार! अब पोलिटिकली करेक्ट होने की कोशिश मत करो, हो सकता है क्या?”

“हाँ, हो सकता है।”

“मुझे नहीं लगता।”

“क्यूँ?”

“जिससे प्यार हो उसके साथ सेक्स तो होना ही चाहिए न, मेरा मतलब है उसको फील तो करना ही चाहिए बंदा या बंदी को!”

“हाँ, करना तो चाहिए, तो उस हिसाब से हमारे बीच प्यार हुआ। तुम मुझे और मैं तुम्हें कितनी बार फील कर चुके हैं!”

“प्यार के लिए सेक्स जरूरी है, सेक्स के लिए प्यार नहीं, डफर।”

“बिना प्यार के सेक्स कैसे कर सकती हो तुम?”

“मैं अकेली नहीं हूँ ऐसी। फॉर दैट मैटर ऐसा ही होता है।”

“पता नहीं, I’m not comfortable.”

“किस चीज में, सेक्स में?”

“नहीं, बिना प्यार वाले सेक्स में।”

“प्यार अलग है और सेक्स अलग।”

“शादी के बारे में तुम्हारा क्या ख्याल कुछ चेंज हुआ?”

“तुम टॉपिक मत बदलो, शादी को प्यार और सेक्स के साथ मत मिलाओ।”

"क्यूँ, ऐसा ही तो होता है?"

"होता होगा, मैं नहीं करूँगी ऐसा।"

"क्यूँ, कहीं मुझसे तुम्हारी शादी हो गई तो?"

"हो गई तो सेक्स नहीं करूँगी तुम्हारे साथ।"

"क्यूँ?"

"क्यूँकि तुम्हारे हिसाब से प्यार के लिए सेक्स जरूरी है और सेक्स के लिए प्यार जरूरी है। मुझे लगता है शादी के लिए ये दोनों ही जरूरी नहीं हैं।"

"तो एक काम करते हैं।"

"क्या?"

"ब्ला ब्ला ब्ला... कर लेते हैं।"

जिंदगी की औकात बस ब्ला ब्ला ब्ला भर की है, हम ब्ला ब्ला ब्ला करने आते हैं और ब्ला ब्ला ब्ला करके चले जाते हैं।

व से वन नाइट स्टैंड

कभी-कभी सुधा ऐसी चीजें पूछती थी कि चंदर को उससे डर लगता था तो कभी बहुत प्यार आता था। उसने सिगरेट पीना थोड़ा कम कर दिया था। ऐसे ही किसी फ्राइडे की शाम जब दोनों पब में बैठे थे तो सुधा ने सामने किसी स्मार्ट से लड़के को घूरते हुए चंदर से पूछ लिया।

"ऐ मिस्टर, कभी वन नाइट स्टैंड हुआ है तुम्हारा?"

"नहीं, तुम्हारा?"

"नहीं हुआ यार लेकिन करने का बहुत मन है। कितना सही है न फालतू का सेंटियाप नहीं!"

"तो कर लो, लड़कियों के लिए तो वैसे भी आसान होता है।"

"कर लूँगी, तुम्हारा क्या ख्याल है। तुम्हारा मन नहीं करता कभी?"

"करता है लेकिन डर लगता है वन नाइट स्टैंड वाली बंदी से प्यार हो गया तो?"

"यार, तुम्हारा यही प्रॉब्लम है प्यार को सेक्स से अलग करके नहीं सोच पाते।"

"क्या करूँ, डरता हूँ। तुम्हें नहीं लगता अगर वन नाइट स्टैंड वाले बंदी से प्यार हो गया तो?"

"प्यार होने में टाइम लगता है, ऐसे थोड़े कि सेक्स किया और हो गया।"

"फिर भी हो तो सकता ही है न?"

"हो गया तो कर लूँगी प्यार उसमें क्या है।"

"तुम्हें हो गया उस बंदे को नहीं हुआ तो?"

"तो क्या हुआ, सारे प्यार पूरे होने के लिए थोड़े होते हैं। तुम बहुत डिमांडिंग नहीं हो एक ही बार में वन नाइट स्टैंड भी चाहिए और उसमें प्यार भी ढूँढ़ना है!"

"हम सब चीजों में बस प्यार ही तो ढूँढ़ते हैं यार। तुम्हारे बेसिक्स ही हिले हुए हैं।"

"मैं वन नाइट स्टैंड में प्यार ढूँढूँगी ही क्यूँ?"

"यही तो समझ नहीं आता न तुम्हें, सड़क पर चलते हुए जैसे गिरा हुआ नोट मिला जाता है न वैसे ही अचानक मिलता है प्यार।"

"तुम कुछ भी बोलते हो, कहाँ गिरा हुआ नोट और कहाँ प्यार, एक काम कर लेते हैं दोनों एक बार वन नाइट स्टैंड कर लेते हैं फिर बात करेंगे।"

"ठीक है, तुम करवा दो मेरा।"

"मैं क्यूँ कराऊँ, खुद ढूँढ़ो और करो।"

"अरे, तुम्हारे ऑफिस में कोई ऐसी बंदी नहीं है क्या, वन नाइट स्टैंड टाइप?"

"हैं तो लेकिन प्यार हो जाएगा तुम्हें इसलिए... तुम रहने दो। वैसे तुम्हारे ऑफिस में कोई लड़का है क्या वन नाइट स्टैंड टाइप?"

"बहुत हैं, मोस्टली सभी लड़के वन नाइट स्टैंड टाइप होते हैं कभी-न-कभी।"

"तो मिलवा दो किसी से।"

"मिलवा तो दूँ लेकिन क्या कह के मिलवाऊँगा कि ये इनसे मिलो हम एक-दूसरे से बहुत प्यार करते हैं लेकिन इनको वन नाइट स्टैंड करके देखना है कैसा लगता है तो..."

"एक मिनट, हमारे प्यार वाली बात पे इतना स्ट्रैस देने की क्या जरूरत है तुम्हें?"

"अरे, बताना तो पड़ेगा न!"

"तो कुछ भी बता देना।"

"तुम्हें कुछ भी तो नहीं बता सकता न।"

"तुम कुछ भी बोलते हो यार, छोड़ो मैं खुद ही ढूँढ़ लूँगी।"

"ढूँढ़ लेना, लेकिन मुझे मत बताना।"

"Wow! so possessive!"

"हाँ तो?"

"पता है, बहुत क्यूट लगते हो तुम कभी-कभी।"

"क्यूँ?"

"ऐसे ही जब possessive होने की कोशिश करते हो तो।"

"possessive हूँ यार! कोशिश थोड़े करता हूँ! वैसे तुम हमेशा क्यूट लगती हो।"

“बस यही बोल के सब मूड ऑफ कर दिया तुमने, हमेशा कोई भी क्यूट नहीं लगता है। मुझे छोटे-मोटे क्यूट जैसे झूठ से ज्यादा नॉन क्यूट सच पसंद हैं। समझे? रोमांटिक फिल्में मत देखा करो, प्यार करना भूल जाओगे। क्या समझे?”

“कुछ नहीं।”

“बढ़िया है। चलो सच बताओ कुछ मेरे बारे में।”

“सच बताऊँ या छोटा-मोटा झूठ?”

“छोटा-मोटा झूठ बता दो चलो। तुम भी क्या याद रखोगे।”

“तुम हमेशा बहुत क्यूट लगती हो।”

“और तुम कभी-कभी, लेकिन जब लगते हो तो बहुत लगते हो। कभी वन नाइट स्टैंड मत करना।”

“किसी चीज के लिए मना मत किया करो, फिर वही करने का मन करता है मेरा, समझी कुछ?”

“नहीं।”

“ठीक है न, छोड़ो सबकुछ समझने के लिए थोड़े होता है। लाइफ के कुछ चैप्टर बिना समझे ऐसे ही छोड़ देने चाहिए।”

“ऐ लड़के, ये दारू पीकर फिलासॉफी मत झाड़ा करो। अब घर चलो सोना है। नींद आ रही है बहुत तेज।”

घर पहुँचते ही सुधा बिना कपड़े बदले सो गई। चंदर ने सुधा के कपड़े चेंज किए। चंदर सोने से पहले बहुत देर तक सुधा की बंद आँखों में आने वाली दुनिया तलाशने लगा और वहीं उसके कंधे पर सिर रख के सो गया। चंदर को सुबह सुधा को परेशान करके उठाना बहुत ही पसन्द था।

“ऐ लड़की उठो, उठो वन नाइट स्टैंड के सपने देखना बंद करो, उठो यार।”

"तुम्हें क्या लगता है कि इससे पहले किसी और जनम में मिले होंगे हम?"

"मैं ये जनम-वनम नहीं मानती।"

"फिर तो और भी आसान हो गई बात।"

"क्या बात?"

"सोचो, हम दुनिया बनने के सैकड़ों साल बाद पहली बार एक-दूसरे से मिले हैं। और इसके बाद जब तक दुनिया है तब तक कभी नहीं मिलेंगे।"

"तुम मानते हो जनम-वनम?"

"हाँ, मानता हूँ।"

"फिर तो बात आसान हो गई।"

"क्या बात?"

"यही कि जब तक दुनिया रहेगी तब तक हम हर जनम में मिलते रहेंगे।"

"लेकिन तुम तो मानती नहीं न जनम-वनम?"

"उससे फर्क नहीं पड़ता। तुम मानते हो न, अगला जनम लेने के लिए इतना ही काफी है।"

"Probability मानती हो तुम?"

"चुप करो, कुछ भी बोलते रहते हो।"

ड से डिलीट

जिंदगी कि सबसे अच्छी और खराब बात यही है कि ये हमेशा नहीं रहने वाली। ये बात एक उम्र के बाद हम सभी को समझ में आने लगती है कि दिन अच्छे हों या खराब, दोनों बीत जाते हैं। रोते हुए हम अपने सबसे करीब होते हैं और हँसते हुए दूसरों के। इसलिए लाख अपने करीब होकर भी रोना हँसने से रेस में पीछे रह जाता है। सुधा बहुत कम उदास होती थी। एक दिन जब कोर्ट से लौटी तो बहुत उदास थी। आते ही बोली-

"बहुत मूड ऑफ है यार!"

"क्या हुआ?"

"टीम के एक बंदे ने suicide कर लिया।"

"क्यूँ?"

"पता नहीं, अभी थोड़े दिन पहले ही शादी तय हुई थी उसकी। परसों हमने साथ ही लंच किया था। मेरी सीट के पड़ोस वाली सीट पर बैठता था वो। हमेशा हँसता रहता था। बहुत अच्छा बंदा था। कुछ पता नहीं चल रहा।"

"लव मैरेज होने वाली थी कि अरेंज?"

"लव मैरेज ही होने वाली थी। मैं उस बंदी से मिली हूँ। बहुत ही अच्छी थी वो। पहले घरवाले नहीं माने थे, बाद में मान गए थे। यार, मैं कोर्ट नहीं जा पाऊँगी कुछ दिन। मुझे ले चलो कहीं। बहुत डर लगता है मुझे शादी से।"

"अपनी सीट चेंज करा लो।"

"सीट चेंज कराने से क्या होगा?"

"कुछ होगा नहीं, उससे related कुछ देखोगी नहीं तो याद भी नहीं आएगी।"

"मान लो मुझे कुछ हो गया तो तुम ये घर चेंज कर लोगे?"

"कैसी बातें कर रही हो?"

"बताओ, सही में कुछ हो गया मुझे तो क्या करोगे?"

"सबसे पहले मोबाइल से तुम्हारा नंबर डिलीट कर दूँगा। सारे मैसेज भी। फिर एक-एक करके तुम्हारी सारी फोटो डिलीट कर दूँगा, जिस भी चीज से तुम्हारी याद आ सकती होगी वो सबकुछ हटा दूँगा अपनी लाइफ से।"

"इससे क्या होगा, याद आना बंद हो जाएगी?"

"पता नहीं।"

"मालूम है हमारी जेनेरेशन की सबसे बड़ी ट्रैजिडी क्या है?"

"क्या?"

"हमारे पास एक-दूसरे की यादें बहुत कम हैं। जब बंदा चला जाता है तो हमें पहली बार याद आता है कि हम तमाम यादें बना सकते थे लेकिन बना नहीं पाए। हम मरने के बाद जाने वाले की वो यादें याद करते हैं जो हमने अभी बनाई नहीं होती।"

"पता नहीं क्या कह रही हो, ऐसी सैड बातें मत करो मेरा भी मूड ऑफ हो जाएगा।"

"बड़े अजीब हो यार तुम, तुम्हें मूड की पड़ी है वहाँ वो बंदा अब कभी नहीं आएगा।"

"हाँ, तो मर गया तो मर गया। मुझे suicide करने वालों से sympathy नहीं होती।"

"प्लीज, ये ज्ञान मत दो, चुप हो जाओ।"

"उसको इतनी ही फिक्र होती तो वो जाता ही क्यूँ?"

"यार, तुम कभी-कभी इतना अजीब बिहेव करते हो।"

"अजीब मतलब?"

"मतलब कुछ नहीं मुझे बहुत ज़ोर से रोने का मन है। प्लीज मुझे रो

लेने दो”

“तो रो लो। रोका किसने!”

“कैसे रो लूँ, रोना नहीं आ रहा?”

“बस अब बातें बंद करो। चुप हो जाओ एकदम।”

“तुम थोड़ा पास आओ मेरे। तुम भी कभी ऐसे ही छोड़ के तो नहीं चले जाओगे न?”

“नहीं पागल हो क्या, अगर जाना ही पड़ा तो साथ जाएँगे। चलो अब जल्दी से रो लो।”

“रोने में भी जल्दी करूँ?”

“आराम से रो लो, चलो।”

सुधा घंटों रोती रही। चंदर ने सुधा को घंटों चुप नहीं कराया। सुधा को रोते-रोते नींद आ गई। चंदर सोचने लगा कि सही में कभी सुधा चली गई तो क्या होगा। अगर कहीं सुधा मर गई तो क्या होगा। अगर वो खुद मर गया तो सुधा क्या उसे एक दिन भूल जाएगी। चंदर को ये सब सोचकर बेचैनी हुई। चंदर ने उस दिन कई दिनों बाद अपने बारे में सोचा। सोचकर उसको ये भी लगा कि आखिर वो कर क्या रहा है। सुधा के साथ जिंदगी सही तो है। क्या फर्क पड़ता है कि उसको शादी नहीं करनी। चंदर अपने बारे में सोचते-सोचते सोने की कोशिश करने लगा लेकिन उसको नींद नहीं आई। जब रात में अच्छी नींद आना बंद हो जाए तब मान लेना चाहिए कि आगे जिंदगी में ऐसा मोड़ आने वाला है जिसके बाद सबकुछ बदल जाएगा।

“बाहर से हमारी लाइफ जितनी परफेक्ट दिखती है उतनी होती नहीं।”

“परफेक्ट लाइफ भी कोई लाइफ हुई!”

ल से लाइफ

अगले दिन जब सुधा ऑफिस से लौटी तो देखा कि चंदर आराम से सोफा पर बैठे हुए दारू पी रहा था।

"इतनी देर से फोन मिला रही थी। उठा क्यूँ नहीं रहे थे?"

"लाइफ बहुत छोटी है।"

"Weekday में तो नहीं पीते हो तुम, क्या हो गया?"

"लाइफ बहुत छोटी है।"

"बार-बार बोलने से बड़ी थोड़े हो जाएगी।"

"लाइफ बहुत छोटी है।"

"एक बार और बोला तुमने तो मर्डर करके लाइफ छोटी कर दूँगी तुम्हारी।"

"लाइफ बहुत छोटी है। मैं वो सब कब करूँगा जो मुझे करना है।"

"क्या करना चाहते हो?"

"पता नहीं।"

"जब पता ही नहीं कि करना क्या है फिर क्या टेंशन है, लाइफ छोटी हो या बड़ी।"

"डर ये है कि कहीं मुझे लाइफ में बहुत लेट न पता चले कि मैं करना क्या चाहता था।"

"ऑफिस में कुछ हुआ है क्या?"

"हाँ।"

"क्या हुआ?"

"प्रमोशन हो गया।"

सुधा ने सामने टेबल पर पड़ा हुआ appraisal लेटर उठाकर देखा और

कहा,

“वाह! तो Assistant Vice President सर, आज तो celebration होना चाहिए और आप कैसे छोटे-छोटे सवालों के जवाब ढूँढ़ रहे हो, लाइफ में क्या करना है। मैं किस लिए पैदा हुआ हूँ।”

“आज के दिन के लिए मैंने न जाने कितने सालों से मेहनत की थी। जब आज वो मिल गया तो कुछ फील नहीं आ रहा। हमें जो कुछ भी मिल जाता है वो मिट्टी हो जाता है।”

“तुम्हें जो करना है करो, ज्यादा हीरो मत बनो यार। जो सपने के पीछे नहीं भागते ऐसा नहीं है कि उनके सपने नहीं होते। लाइफ को over dramatise करने की जरूरत नहीं है। फिल्मों और किताबों के जैसे struggle को इतना romanticise करने की कोई जरूरत नहीं है। मौका मिला नहीं कि हीरो एक बैग लेकर सबकुछ छोड़छाड़कर निकल पड़ा अपने सपने ढूँढ़ने। वो आजकल क्या बोलते हैं हाँ, follow your dreams, ये सब न बस लैक्चर में अच्छा लगता है।”

“यार सुधा, तुम ऐसे क्यूँ बोल रही हो?”

“इसलिए बोल रही हूँ क्यूँकि जिसको जाना होता है न वो बस निकल जाता है। तुम्हारी तरह दारू पीते हुए सोचता नहीं रहता। स्टीव जॉब्स की स्पीच नहीं देखता रहता। जिंदगी मिलती उन्हीं को है जो ढूँढ़ने निकलते हैं। बैठ के बस बातें नहीं करते रहते।”

“अगले साल तक नौकरी छोड़ने का प्लान है।”

“हा हा हा हा...”

“हँस क्यूँ रही हो?”

“किसको बेवकूफ बना रहे हो?”

“क्यूँ, प्लान तो करना पड़ेगा न छोड़ने से पहले?”

“जो प्लान करते हैं न उनका अगला साल कभी नहीं आता।”

"तुम तो हो न मेरे साथ! तुम संभाल लोगी न मुझे!"

"यार, फिल्म चल रही है क्या कि हीरोइन संभाल लेगी!"

"ऐसे मत बोलो।"

"बोलूँगी।"

"यार, नहीं हो रही मुझसे नौकरी।"

"तो छोड़ दो।"

"करूँगा क्या?"

"मैं कैसे बताऊँ, तुम देखो तुम्हें क्या करना है?"

"मुझे नहीं पता।"

"नहीं पता तो नौकरी करते रहो। जिस दिन पता चल जाएगा उस दिन छोड़ देना। एक काम करो छुट्टी ले लो एक-दो महीने की।"

"इतनी छुट्टी नहीं मिलेगी यार। क्या बोल के लूँगा?"

"महीने भर की छुट्टी लेने भर की हिम्मत है नहीं तुम्हारी और चले हैं follow your dreams खेलने!"

"मुझे कैफे खोलने का मन है। एक ऐसा कैफे जिसमें खूब सारी किताबें हों। लोग आएँ, बैठें, बातें करें, किताब पढ़ें, अपने घूमने का प्लान बनाएँ, अपनी भागती हुई जिंदगी के बारे में ठहरकर सोचें। अपनी कहानियाँ सुनाएँ। अपने डर सुनाएँ, अपनी गलतियाँ बताएँ, अपनी यादें दोहराएँ। इत्मीनान से बैठकर अपनी यादों को दोहराने से बड़ा कोई सुख नहीं है। कभी-कभी सोचता हूँ एक बेटी हो मेरी जिससे मैं खूब सारी बातें करूँ। मैं बच्चों को कहानियाँ सुनाऊँ। सुधा, यार मुझे डर लगता है सपनों से। इतना डर कि बताने से भी डरता हूँ। ये कभी किसी को बताया नहीं। पता नहीं कैसे होगा। मुझे बस एक चीज पता है, मैं नौकरी करते हुए रिटायर नहीं होना चाहता। ऑफिस में रोज-रोज एक जैसी शक्लें, एक जैसी बातें सुनकर बोर हो गया हूँ। उन लोगों से बातें करना चाहता हूँ जिनको मैं नहीं जानता। उनको कहानियाँ सुनाना

चाहता हूँ। रास्ते में उस बुड्ढे से पूछना चाहता हूँ कि वो सड़क के कोने में बैठकर अपने टूटे चशमे से किसका इंतजार करता है। वो अपनी चप्पल को सुई-धागे से सिलता रहता है। रोज जितनी चप्पल सिलती है उतने ही कदम साथ देती है। ऐसे ही सड़क पर रास्ता बीतते-बीतते चप्पल एक दिन धागा हो जाती है और धागा दूसरी चप्पल ढूँढ़ने लगता है। उन औरतों से मिलना चाहता हूँ जो अपने सर पर इसलिए जिंदगी भर बोझ उठाती रहती हैं ताकि उनकी लड़कियाँ साइकिल से पास वाले स्कूल जा पाएँ। बच्चों के साथ ट्यूबवेल पर घंटों नंगे नहाना चाहता हूँ। शहर से दूर टपरी पे बैठ के लोगों की बातें सुनना चाहता हूँ लेकिन...”

“लेकिन क्या, दुनिया में सारे लोग नौकरी थोड़े करते हैं! तुम भी मत करना। ये कौन-सी बड़ी बात है?”

“मैं शायद बिना प्लान वाली लाइफ चाहता हूँ। प्लान से चलकर बहुत जी लिया। भूल जाना चाहता हूँ मंडे कौन-सा है और संडे कौन-सा। वीक डे कौन-सा है वीकेंड कौन-सा।”

“एक बात बताओ?”

“क्या?”

“जब मैं तुम्हारे कैफे में आऊँगी तो मुझे कितने परसेंट डिस्काउंट दोगे?”

“100%”

“तो जल्दी से खोलो यार कैफे, फ्री की कॉफी पीने का मन कर रहा है। Cheers!”

“इतना आसान नहीं है।”

“इतना मुश्किल भी नहीं है।”

“जरूरी है कि हर कोई कुछ-न-कुछ करे, हम बिना कुछ किए नहीं रह सकते!”

“तुम्हें मालूम है हम जिंदा क्यूँ है? मीनिंग ऑफ लाइफ पता है तुम्हें?”

“हर लाइफ का एक purpose होता है। वो purpose achieve करने के लिए।”

“यही प्रॉब्लम है तुम्हारा। तुमने इस रटे हुए जवाब को अपना जवाब मान लिया है। इन्फैक्ट मोस्टली लोगों ने लाइफ के जवाब मान लिए हैं। जैसे स्कूल में मैथ्स के सवाल में x की वैल्यू मान लेते थे। लाइफ मैथ्स जैसी मुश्किल नहीं है। यहाँ मानने से नहीं जानने से काम चलता है।”

“कई चीजें हम केवल मान के ही जान सकते हैं। सबकुछ जाना तो नहीं जा सकता। खैर, तुम मीनिंग ऑफ लाइफ बता रही थी। तो बताओ क्या होती है मीनिंग ऑफ लाइफ?”

“लाइफ की कोई मीनिंग नहीं होती। उसमें मीनिंग डालना पड़ता है। कभी अपने पागलपन से तो कभी अपने सपनों से। Actually सपने आते ही केवल पागलों को हैं। लाइफ में हर कोई बेचैन भी तो नहीं होता न! बिना बीमारी के जब बेचैनी रहने लगे तो समझ जाना कि लाइफ तुमसे मिलना चाहती है।”

“हम लोग पैदा क्यूँ होते हैं? पैदा भी हो जाते हैं तो जिंदा क्यूँ रहते हैं?”

“हम सब लोग बस अपनी बोरियत मिटाने के लिए जिंदा हैं। जिस दिन बोरियत मिटाते-मिटाते हम थक जाते हैं उस दिन हम मर जाते हैं। लाइफ की सबसे अच्छी चीज यही है कि हम सभी एक-न-एक दिन थक जाते हैं।”

“मुझे ज्यादा कुछ समझ नहीं आ रहा तुम क्या कह रही हो। शायद ज्यादा चढ़ गई है।”

“कम चढ़ी है तुम्हें, जिस दिन लाइफ चढ़ती है न सब समझ आ जाता है।”

“तुम्हें क्या चाहिए लाइफ से?”

“ज्यादा कुछ नहीं। बस तुम्हारे कैफे में 100% डिस्काउंट।”

चंदर ये सुनने के बाद बड़ी देर तक खिड़की से बाहर आसमान में अपना

कैफे, अपना बचपन, हजारों किताबें, बच्चों की आवाजें ढूँढ़ने लगा। आसमान धुँधला था लेकिन चंदर को कुछ-कुछ साफ दिखाई और सुनाई देने लगा था।

ह से honeymoon suite

प्रमोशन के बाद चंदर का काम थोड़ा बढ़ गया था। रोज घर से ऑफिस और ऑफिस से घर के बीच आते हुए रास्ते के ट्रैफिक में उसको ये एहसास होता था कि सबकुछ रिपीट हो रहा है। कुछ नया नहीं हो रहा लाइफ में। हम सभी की जिंदगी में एक दिन ऐसा आता ही है जब हम रोज सही पते पर पहुँचकर भी भटके हुए होते हैं। जब कुछ नया नहीं होता तो वो अक्सर सुधा से शादी के लिए पूछ लिया करता। अक्सर लोग शादी के लिए हाँ भी बस अपनी बोरियत मिटाने के लिए कर देते हैं। चंदर बार-बार शादी के लिए सुधा से पूछता वो हर बार मना कर देती। हर बार एक ही बात से अपनी बात शुरू करती-

"हमारे बीच ऐसा क्या हो जाएगा शादी करके जो अभी नहीं हो सकता? एक चीज बता दो।"

"हनीमून। बिना शादी के हनीमून तो नहीं हो सकता न?"

"क्यूँ नहीं हो सकता! चलते हैं अपने हनीमून पर।"

"तुम पागल हो क्या, हनीमून पर बिना शादी के?"

"तो उसमें क्या है! बताओ कहाँ जाना है तुम्हें हनीमून पर। मैं ऑनलाइन ढूँढ़ती हूँ। जहाँ का पैकेज सस्ता मिलेगा वहाँ चलते हैं।"

"Seriously?"

"यार बड़े अजीब हो तुम, लड़की हनीमून जाने के लिए पूछ रही है और तुम उस नयी-नवेली दुल्हन जैसे शरमा रहे हो जो सुहागरात से पहले दूध का

बड़ा वाला ग्लास देख के शरमाती है। ये देखो 'अमेजिंग अंडमान' का पैकेज मिल रहा है वो भी 40% डिस्काउंट पे।"

"कितने दिन का है?"

"दिन का क्या करोगे, पूरी सात रातों का है। करा रही हूँ ये वाला।"

"मुझे बिना शादी के हनीमून पे जाना थोड़ा अजीब लग रहा है।"

"चलो यार, तुम्हारे असली हनीमून से पहले थोड़ी प्रैक्टिस भी हो जाएगी। Matrimonial साइट पर अपने work experience के साथ हनीमून का experience लिख देना। फिर देखना कितने रिश्ते आते हैं। खेले-खाए हुए लड़के पसंद होते हैं लड़कियों को।"

"हनीमून मजाक है न तुम्हारे लिए?"

"लाइफ भी मजाक है। लाइफ को जितना ज्यादा seriously लोगे न, लाइफ उससे भी ज्यादा लेगी तुम्हारी।"

"मुझे अजीब लग रहा है।"

"ओए! तुम अजीब लगवाते रहना, पैकेज हो गया है और पैकेज non-refundable है। अब तो जाना ही पड़ेगा।"

"कब निकलना है हमें?"

"परसों फ्राइडे रात से। पाँच दिन की छुट्टी ले लेना तुम।"

"इतनी जल्दी?"

"हाँ तो, अब क्या शादी का वेट करें तुम्हारे हनीमून के लिए। ये वाला ही डिस्काउंट में मिल रहा था। चलो, अब मुझे मार्केट जाना है। बहुत तैयारी करनी है।"

"क्या तैयारी, बस पैकिंग ही हो करनी होगी न?"

"मैं मेहंदी लगवाने जा रही हूँ। हनीमून पे थोड़ा शादी वाला फील भी तो आना चाहिए न!"

सुधा जिंदगी में जिंदगी की फील लेने के लिए कुछ भी कर सकती थी, इसी बात से चंदर थोड़ा डरता भी था। सुधा ने न सिर्फ हाथों में बल्कि अपने पैरों में भी मेहंदी लगवाई। लाल रंग की चूड़िया भी खरीदकर लाई। जब वो लौटी तो ठीक वैसी लग रही थी जैसी चंदर को अपने ख्यालों में दिखती थी।

"कैसी लग रही हूँ?"

"बिल्कुल वैसी।"

"वैसी कैसी, बताओगे?"

"एकदम वैसी जैसी तुम नींद में दिखाई पड़ती थी।"

"अच्छा, चलो एक फोटो खिंचवा लेते हैं।"

"फोटो क्यूँ?"

"क्या पता, तुम्हें अब ये वाला सपना आना बंद हो जाए तो कम-से-कम ऐसी एक फोटो तो होनी चाहिए न!"

इसके बाद सुधा जबरदस्ती चंदर को फोटो स्टुडियो लेकर गई। दोनों ने शादी वाले पोज में आठ-दस फोटो खिंचवाई। एक फोटो फाइनल की जिसमें वो पति लग रही थी और चंदर पत्नी।

अ से अंडमान निकोबार

सुधा और चंदर पोर्ट ब्लेयर दो दिन रहने के बाद Havelock आ गए। क्रूज से Havelock से पोर्ट ब्लेयर के बीच की दूरी है 3 घंटे की है। ऐसा कहा जाता है कि Havelock में राधानगर नाम का जो बीच है वहाँ सूरज इतनी खूबसूरती से डूबता है कि घड़ी खुद सूरज को डूबता हुआ देखने के चक्कर में कुछ देर तक रुक जाया करती है। चंदर और सुधा का होटल राधानगर बीच के बिल्कुल पास था। कमरे में जाकर चंदर ने टीवी ऑन किया तो देखा

कि मुश्किल से 2-3 चैनल आ रहे थे और मोबाइल में सिगनल आना बंद हो चुका था। कमरे में बिस्तर पर तौलिया दिल की शेप में सजा हुआ था, रंगीन खुशबू वाले फूल बिखरे हुए थे। बाथरूम ऊपर से खुला हुआ था। बाथरूम में सीधे-सीधे धूप आती थी। बाथरूम देखकर ऐसा लग रहा था जैसे अगर यहाँ दो लोग साथ नहीं नहाएँ तो बाथरूम बुरा माने सो माने, छत से छन के झाँकती हुई धूप भी बुरा मान जाएगी। कमरे के बाहर दो कुर्सियाँ पड़ी हुई थीं। समंदर कमरे से केवल 100 मीटर की दूरी पर था। समंदर के पास भी कुछ एक कुर्सियाँ पड़ी हुई थीं। कुर्सी के थोड़ा और आगे बढ़ने पर एक बेड जैसा रखा था जैसा फिल्मों में होता है। कमरे में समंदर की आवाज एक दम साफ आ रही थी।

पहली बार जब दो लोग सबसे करीब आए होंगे तो वो जरूर समंदर का किनारा रहा होगा, सूरज डूब रहा होगा। उन दोनों लोगों ने दिन को डूबने से पहले रोकने की पहली कोशिश की होगी। दिन को रोकने की कोशिश में वो मिलकर पहली बार एक हुए होंगे। ऐसा एक हुए होंगे कि सूरज ने डूबने के बाद 15-20 मिनट उजाला रखा होगा ताकि वो धुँधले उजाले में घुलकर शाम हो जाएँ। दुनिया तब से ऐसे ही रोज शाम को उन दो लोगों को खोजती है जो दिन को रोकना चाहते हैं। बस अब हमने उस दुनिया से इतर छोटी-सी बहुत सारी दुनिया बना ली है। इस नयी दुनिया से हमें फुर्सत नहीं है और उस दुनिया में कदम रखने की पहली शर्त है, फुर्सत।

चंदर ने अपना मोबाइल बेड पर फेंकते हुए कहा।

“जगह तो बहुत अच्छी है। बस, मोबाइल में सिगनल नहीं आ रहा।”

“सिगनल क्या करना है तुमको, हनीमून पे आए हैं। वही करो जो हनीमून पे किया जाता है।”

“क्या किया जाता है हनीमून पे?”

“तुम्हें नहीं पता?”

“नहीं मुझे नहीं पता, मेरा पहला हनीमून है न!”

"मैंने तो जैसे हनीमून में MBA किया है!"

"कुछ तो आइडिया होगा तुम्हें कि क्या करते हैं लोग हनीमून पर?"

"बातें करते होंगे। दो लोग वैसे भी बातों से ज्यादा अच्छा कुछ कर भी क्या ही सकते हैं!"

"सेक्स?"

"सेक्स से याद आया। सेक्स के जस्ट बाद वाली बातें सबसे अच्छी होती हैं।"

"सेक्स के बाद कोई भी बात नहीं करना चाहता।"

"Exactly. वही जो वो 2-3 मिनट बातें नहीं होती। वही तो होती हैं सबसे अच्छी बातें।"

"तुम पागल हो। जो बातें नहीं होतीं वो बातें सबसे अच्छी होती हैं। पता भी है क्या बोल रही हो?"

"मुझे तो पता है क्या बोल रही हूँ, तुम कब समझोगे ये बातें?"

"क्या समझना है!"

"यही कि सेक्स के जस्ट बाद जब लड़की लड़के की आँख में जो कुछ ढूँढ़ती है न वही होता है प्यार और उस ढूँढ़ने में जब पहली बार पलक झपकती है वो होती है पहली बातचीत। खैर छोड़ो, समझ जाओगे पहला हनीमून है न तुम्हारा, धीरे-धीरे सीख जाओगे।"

"एक बात बोलूँ?"

"क्या, मैं दुबारा समझाऊँगी नहीं कुछ भी।"

"तुम्हारी मेहंदी बहुत अच्छी लग रही है।"

"चुप करो, इतनी भी अच्छी नहीं है।"

"अच्छी है। वैसे समंदर पसंद हैं तुम्हें, जान-बूझकर तुमने समंदर वाली जगह choose की न?"

"हाँ और क्या!"

"मुझे तो पानी से डर लगता है, मम्मी को एक पंडित जी ने बताया था कि मैं पानी से दूर रहा करूँ।"

"पंडित जी ने तो ये भी बोला होगा उस लड़की से भी दूर रखिएगा, वो तो सुना नहीं तुमने।"

"अच्छा, सुनो तो एक बात बोलूँ?"

"क्या?"

"नहाने चलें?"

"चलो।"

"थोड़ा-थोड़ा समझ आ रहा वैसे मुझे।"

"क्या?"

"यही कि हनीमून पर क्या करते हैं।"

"क्या करते हैं?"

"थोड़ी बातें करते हैं और थोड़ा..."

"और थोड़ा क्या.....बोलोगे?"

"और थोड़े के लिए बोलना नहीं पड़ता।"

सुधा चंदर के साथ बाथरूम, बाथरूम में आने वाली धूप, शावर का पानी, शैंपू, सोप सब साथ नहाए। नहाने के दौरान चंदर सुधा के बीच जो बातें हुईं, वो भी नहाईं। सुधा चंदर को जहाँ-जहाँ छूती जा रही थी चंदर का उतना हिस्सा नहाता जा रहा था। कुछ देर में दोनों नहाकर नये हो गए।

अंडमान के दिन ऐसे बीते जैसे वीसीआर में मूवी तेजी से फॉरवर्ड हो जाया करती थी जहाँ दिखाई तो सब पड़ता था लेकिन सुनाई कुछ नहीं पड़ता। जो दिन तेजी से बीत जाते हैं, वो अच्छे होते हैं। अच्छे दिनों में रहते हुए कोई ठहर नहीं पाता और दिन बीतने के बाद के दिनों में वो ठहरना ढूँढ़ता

है। जिंदगी असल में बस कुछ-न-कुछ ढूँढ़ते रहने की ही कहानी है। कुछ न मिला तो वो ढूँढ़ना है जो नहीं मिलता। जब वो मिल जाए तो वो कुछ नया ढूँढ़ना शुरू कर देना। जिस दिन हमें पता चल जाता है कि हम सही में क्या ढूँढ़ने आए हैं ठीक उसी दिन जिंदगी हमारी तरफ पहला कदम बढ़ाकर हमें ढूँढ़ना शुरू कर देती है। चंदर और सुधा ने हनीमून तो मना लिया। लेकिन चंदर इस रिश्ते में शादी ढूँढ़ रहा था, और सुधा क्या ढूँढ़ रही थी, उसको ये सवाल कभी इतना important लगा नहीं।

क से कुंडली

घरवालों को शादी के लिए टालते-टालते 6 महीने और बीत गए थे। एक दिन अचानक चंदर की मम्मी ने चंदर के पापा के फोन से फोन करके खबर दी कि वो अगले वीक में हफ्ते भर के लिए आ रही हैं। चंदर की मम्मी 3-4 लड़कियों की प्रोफाइल शॉर्टलिस्ट कर चुकी थीं। पंगा ये था कि इस बीच सुधा रहेगी कहाँ! उसने अपने-आप ही कहा, 'हफ्ते भर की ही बात है वो अपनी किसी फ्रेंड के यहाँ चली जाएगी'। चंदर को बस एक डर ये था कि बाई मम्मी को उसके यहाँ रहने वाली बात बता न दे। ये सोचकर चंदर ने सुधा से कहा कि बाई को दो-चार सौ रूपये देकर समझा दे कि मम्मी से सुधा के वहाँ रहने का कोई जिक्र न करे। मम्मी के आने से पहले वाला हफ्ता बहुत तेजी से बीता। अगले दिन सुबह मम्मी आने वाली थीं और सुधा अपने फ्रेंड के यहाँ जाने वाली थी।

"हफ्ते भर कैसे रहोगी मेरे बिना?"

"जैसे तुम रहोगे।"

"यार, मैं सोच रहा था कि अगर तुम मम्मी से मिल लेती तो अच्छा रहता।"

“मिल लूँगी उसमें क्या है। वैसे भी पति से कुंडली मिले-न-मिले लड़के की सास और घर की बाई से कुंडली मिलनी चाहिए।”

“यार, मजाक नहीं, मैं seriously सोच रहा था।”

“हाँ तो मिल लूँगी। मैं भी seriously कह रही हूँ।”

“तो मतलब तुम शादी के लिए अब mentally prepared हो न?”

“शादी कहाँ से आ गई?”

“अभी तो तुमने बोला सास से कुंडली मिलने वाली बात।”

“मजाक में नहीं बोल सकती?”

“यार, हम इतने दिन से साथ रह रहे हैं। हमेशा तो ऐसे ही नहीं चल सकता न!”

“नहीं चल सकता, मतलब?”

“मतलब आगे क्या?”

“आगे कुछ नहीं।”

“मैं आगे बिना शादी के साथ नहीं रह सकता।”

“इतने दिन से तो रह रहे हो। अब क्या हो गया?”

“तुम्हें तो करनी नहीं है शादी। मुझे तो करनी है। मुझे तो देखना है न! घरवालों को बहाने बनाते-बनाते थक चुका हूँ।”

“तुम्हारी शादी करने की वजह कितनी फालतू है। कभी सोचा है तुमने?”

“यार, तुम समझ नहीं रही हो।”

“मुझे भी ऐसा ही लग रहा है। मैंने आज तक गलत ही समझा तुमको।”

“मैं आखिरी बार पूछ रहा हूँ, तुम शादी करोगी कि नहीं?”

“मैं नहीं करूँगी।”

“तो अपना सारा समान लेकर जाओ अब यहाँ आना मत लौट के।”

“क्या?”

"हाँ। मत आना लौट के।"

"तुम कुछ ज्यादा ही हाइपर नहीं हो रहे?"

"नहीं हो रहा। तुम जाओ। अभी जाओ।"

"अभी रात में जाऊँ?"

"रात में आई थी न, रात में ही जाओ। मैं सुबह तक झेल नहीं पाऊँगा तुम्हें।"

"इसीलिए, इसीलिए शादी नहीं करना चाहती मैं, अभी शादी हुई नहीं है तब घर से निकलने के लिए बोल रहे हो। शादी के बाद तो पता नहीं क्या करोगे।"

"तुम जाओ। मुझे कुछ नहीं सुनना।"

"मैं सुबह जाऊँगी पहले ही बता रही हूँ। दिक्कत है तो तुम जाओ। जाकर स्टेशन पर बैठ जाओ या फिर किसी दोस्त के यहाँ चले जाओ।"

"मैं कहीं नहीं जाऊँगा।"

"मैं भी सुबह से पहले नहीं जाने वाली।"

"तुम्हारी प्रॉब्लम है क्या, ये बताओगी?"

"तुम मुझे समझ ही नहीं पाए चंदर।"

"ऐसे मत बोलो।"

"क्यूँ नहीं बोलो? तुम मुझे जानते होते तो ये पूछते ही नहीं।"

"सब तो जानता हूँ तुम्हारे बारे में।"

"तुम्हें बस लगता है कि तुम मुझे जानते हो। लगने और जानने में फर्क होता है। तुम ये तो जानते हो कि मैं रोज कोर्ट जाती हूँ। वहाँ जाकर मैं रोज-रोज दिन-भर साल-भर शादियाँ टूटते हुए देखती हूँ। किसी की लव मैरेज तीन महीने पहले हुई थी, किसी की शादी हुए 15 साल बीत गए, कोई 55 साल की उम्र में डिवोर्स चाहता है। मैं इतने तरीके से शादी टूटते हुए देख चुकी हूँ

कि मुझे बस डर लगता है शादी से। इतना डर कि अगर कभी सपने में भी हमारी शादी आती है तो सपना टूट जाता है।"

"इसका ये मतलब नहीं है न कि हमारे साथ भी ऐसा ही हो। मैं इतना खराब नहीं हूँ।"

"शादियों में जो लोग अलग होते हैं वे भी खराब नहीं होते। खराब बस शादी होती है।"

यूँ तो चंदर को कभी गुस्सा नहीं आता था लेकिन उस दिन पता नहीं क्या हुआ। जिनको कभी-कभी गुस्सा आता है उनको जब गुस्सा आता है तो वो कंट्रोल नहीं कर पाते। इसलिए थोड़ा-थोड़ा गुस्सा करते रहना चाहिए, रिश्तों और जिंदगी चलाते रहने के लिए अच्छा रहता है।

आधा स से स्टेशन

चंदर अपनी मम्मी के साथ हफ्ते भर में तीन लड़कियों से बेमन से मिला। जब वो मम्मी को वापिस जाने से पहले स्टेशन छोड़ने आया तब चंदर ने पहली बार अपनी मम्मी को सुधा के बारे में बताया। मम्मी गुस्सा भी हुईं कि उससे मिलवाया क्यूँ नहीं। चंदर ने उस दिन ये सोच के मम्मी की ट्रेन छुड़वा दी कि एक बार सुधा मम्मी से मिल ले। चंदर ने सुधा को कई बार फोन मिलाया, अगले दिन कोर्ट भी गया लेकिन उससे न कोई बात हुई न मुलाकात। चंदर ने अपनी मम्मी को बहाना बना दिया कि सुधा को किसी काम से दिल्ली जाना पड़ गया है वो अगली बार पक्का मिलवा देगा। मम्मी भी जिद पे अड़ गईं कि बिना मिले नहीं जाएँगी। खैर, चंदर ने सुधा को मैसेज किया कि मम्मी फलानी ट्रेन से जा रही हैं अगर हो सके तो बस पाँच मिनट के लिए मिलने आ जाए। हालाँकि, चंदर को ये उम्मीद नहीं थी कि सुधा आएगी लेकिन वो आई। वो आते हुए बड़ी अच्छी लग रही थी। आती हुई हर बात अच्छी लगती

है, बातें, बारिश, धूप, समंदर सबकुछ। वैसे भी मिलने के लिए स्टेशन बड़ी सही जगह लगती है। रोज कितने लोग पहली बार यहाँ मिलते हैं। सुधा को मम्मी बिना पलकें झपकाए देखती रहीं। वो सुधा में अपनी बहू ढूँढ़ रही थीं। माँ होना असल में कुछ-न-कुछ ढूँढ़ते रहना है बस। मम्मी ने जैसे ही शादी का पूछा तो उसने साफ-साफ कह दिया,

"मम्मी जी, मुझे शादी करनी ही नहीं है। चंदर को कई बार समझा चुकी हूँ। यही मेरे पीछे पड़ा है। आपसे मिलने भी इसीलिए आई कि आपको बता दूँ कि आप प्लीज इसकी शादी कहीं और कर दीजिए।"

चंदर की मम्मी ने बस इतना कहा,

"बेटा तुम्हारे मुँह से 'मम्मी जी' बहुत अच्छा सुनाई दिया।"

सुधा ने बढ़कर मम्मी को गले लगा लिया। इसके बाद मम्मी कुछ बोल नहीं पाईं। एक बार उन्होंने कोशिश भी की बोलने की। शायद वो समझा पाएँ कि झगड़े तो होते रहते हैं लेकिन ट्रेन की आवाज में मम्मी की आवाज, आस-पास के शोर में चंदर की सिसकियाँ घुल गईं। पाँच मिनट में ये रिश्ता स्टेशन की चाय जितना बासी हो चुका था। केवल ट्रेन से जाने वाले ही स्टेशन पर बिछड़ नहीं रहे होते हैं बल्कि कई बार प्लेटफार्म की एक ही साइड पर लोग भी हमेशा के लिए बिछड़ रहे होते हैं। चंदर को ये उस दिन समझ तो आया लेकिन ट्रेन जाने के बाद।

चंदर का स्टेशन से घर लौटने का मन इसलिए भी नहीं किया क्यूँकि उसे समझ नहीं आ रहा था कि उसे गुस्सा ज्यादा आ रहा है या रोना। वो उसी समंदर के पास गया जहाँ जाकर सुधा चुप हो जाती थी। गीली रेत पैर के जितने हिस्से को छू रही थी बस शरीर का उतना हिस्सा ही रो नहीं रहा था। वो रात करीब 12 बजे तक बैठा हुआ पता नहीं क्या-क्या सोचता रहा। चंदर जब घर लौटा तो देखा सुधा पहले से ही वहाँ पर थी। चंदर इतना थक चुका था कि न अब गुस्सा आ रहा था न रोना। उसने नीचे गद्दा बिछाया और सो गया। लाइट न चंदर ने बंद की न सुधा ने। एक हफ्ते में ही उन दोनों का

रिश्ता ऐसा हो गया था जैसे बरसात में छाता जिसमें न पूरा भीगते बनता था न पूरा सूखते।

अगले दिन सुबह अलार्म बजने से पहले सुधा उठ चुकी थी। वो शायद सोई ही नहीं थी। सुधा चंदर के सामने चाय रखते हुए बोली,

"मुझे कुछ बात करनी है।"

"हम्म।"

"मैं जा रही हूँ।"

"ये बताने के लिए आने की क्या जरूरत थी, जाओ।"

"नहीं, कुछ और बात भी थी।"

"शादी नहीं करनी न तुम्हें! ठीक है। इसके अलावा कुछ बोलना है?"

"मैं नहीं रह सकती तुम्हारे बिना।"

"प्लीज, ये बकवास बंद करो।"

"क्या हम हमेशा बिना शादी के नहीं रह सकते?"

"नहीं रह सकते।"

"I'm pregnant."

"यार, प्लीज मेरा ऐसे ही सिर घूम रहा है। तुम बकवास पे बकवास किए जा रही हो।"

"I'm serious."

"कुछ भी बोलने से पहले नहीं सोचती न तुम। हर चीज मजाक नहीं होती यार। अब मैं तुम्हारे मजाक से बोर हो गया हूँ।"

"I'm serious और कैसे बोलूँ ये बात?"

ये वो मोमेंट था जिसके बाद चंदर और सुधा की जिंदगी बदलने वाली थी। अक्सर लोग ऐसे मोमेंट में कुछ बोल नहीं पाते। इन दोनों के साथ भी यही हुआ। दोनों चुप गए। जैसे करने को अब सब बातें खत्म हो गई हों। बातें

खत्म हो जाना हमेशा बुरा नहीं होता। कभी-कभी ऐसे मोमेंट्स अगली पूरी जिंदगी में होने वाली तमाम बातों को आने के लिए जगह बनाते हैं।

बात-बात में

चंदर को अब सुधा पे यकीन नहीं था। उसने हॉस्पिटल में टेस्ट करके कन्फर्म किया। सुधा सही में प्रेग्नेंट थी। चंदर को इस pregnancy की खबर से थोड़ी उम्मीद जगी। नयी जिंदगी हमेशा नयी उम्मीद लेकर आती है, नयी बातों की, नयी दुनिया की, नयी गलतियों की। जिसने भी कहा था कि दुनिया उम्मीद पर टिकी है उसे जरूर अपने बच्चे की शक्ल देखकर ये ख्याल आया होगा। इसी उम्मीद से चंदर ने पूछा,

"फिर क्या करना है?"

"क्या करना है क्या मतलब, बेबी चाहिए मुझे।"

"और शादी?"

"मैं कितनी बार कहूँ नहीं करनी शादी।"

"तुम पागल हो क्या! बिना शादी के बच्चा?"

"तो, मैं संभाल लूँगी। ये मेरा प्रॉब्लम है। तुम्हें कोई पकड़ के थोड़े ही रखा है! you are free as always."

"अकेले मैनेज कर लोगी?"

"मैं तो कर लूँगी। तुम मैनेज कर लोगे, मेरे बिना?"

"तुम अकेले PG तो खोज नहीं पाई इतने महीनों में!"

"नहीं खोज पाई नहीं बल्कि खोजा नहीं। क्यूँकि मैं रहना चाहती थी तुम्हारे साथ।"

"मैं फटाफट घर पे बात कर लेता हूँ। सबकुछ मैनेज हो जाएगा। इसी महीने शादी कर लेते हैं। कोई दिक्कत नहीं होगी।"

"तुम्हें मालूम है तुम्हारा प्रॉब्लम क्या है?"

"क्या?"

"तुम्हें मेरे साथ रहने के लिए रीजन की जरूरत है और वो रीजन शादी है, मैं नहीं हूँ। कभी सोचा है तुमने कि शादी चाहिए क्यूँ होती है। एक मिनट के लिए सोचो जरा, मान लो दुनिया में बस हम दो लोग होते तो हमें साथ-साथ रहने के लिए शादी की जरूरत होती? शादी दो लोगों के बीच होती ही नहीं है। शादी की जरूरत ही तब होती है जब दुनिया में तीन लोग हों।"

"तुम क्या कह रही हो, पता है तुम्हें?"

"यही कि शादी-वादी इस दुनिया का सबसे बड़ा शो ऑफ है यार! शादी के बाद मैं क्या तुमसे अलग तरह से बात करने लगूँगी। ऐसे ही बोलूँगी न जैसे अभी बोलती हूँ। तुम भी वैसे ही irritate करोगे मुझे जैसे अभी करते हो। क्या बदल जाएगा?"

"अगर कुछ बदल नहीं जाएगा तो बस दोस्तों की, घरवालों की खुशी के लिए नहीं कर सकती तुम शादी?"

"शादी हम उन सबकी खुशी के लिए कर सकते हैं तो अपनी खुशी के लिए कुछ न करें, बताओ?"

"यार तुम वकील हो। तुमसे मैं बातों में नहीं जीत सकता। लेकिन जिंदगी लॉजिक से नहीं चलती न!"

"वही तो मैं भी कह रही हूँ जिंदगी लॉजिक से नहीं चलती। लॉजिक से चलती तो शादी के लिए कभी का हाँ कर दिया होता। जानते हो हम सबका future बस एक ही है। अपने-आप को रोज पागल होने से बचाने तक, जीते चले जाना। बस मैं अपने तरीके से पागल होना चाहती हूँ।"

चंदर और सुधा एक बार फिर बोलते-बोलते रुक गए थे। ये अब अक्सर

होने लगा था। इस कट्टी-मिल्ली में एक हफ्ता और बीत गया। चंदर शादी से ज्यादा अब वो बच्चा चाहता था। हर एक बच्चा पैदा होकर दुनिया का कुछ अधूरा हिस्सा पूरा कर देता है। चंदर की दुनिया का अधूरापन सुधा की दुनिया के अधूरेपन से थोड़ा अलग हो गया था। चंदर की दुनिया के रास्ते सुधा की दुनिया के रास्ते अभी तक साथ चलते हुए चौराहे पर आ चुके थे।

च से चौराहा

चंदर ने रिजाइन कर दिया। बिना इस बात का सोचे कि कल को क्या होगा। असल में कल क्या होगा ये सोचना हमेशा ही फिजूल होता है। सोचकर कुछ हासिल होता नहीं। बहुत ज्यादा सोच-समझ कर, देख-परखकर बाजार से सामान तो खरीदा जा सकता है लेकिन जिंदगी को नहीं जिया जा सकता। मार्केट में कुछ खरीदते हुए हमारा हर बार किसी सामान की गारंटी पूछना कितना फिजूल होता है ये जानते हुए कि जिंदगी की कोई गारंटी है नहीं और हम रोज हर सामान गारंटी वाला खरीदना चाहते हैं। चंदर बस वहाँ से चले जाना चाहता था बहुत दूर। कहाँ? नहीं पता। क्यूँ? नहीं पता। हम सबकी जिंदगी में ये दिन आता ही है जब हम सुबह ऑफिस के लिए निकलते हैं तो हमें मालूम होता है कि ये हमारी मंजिल नहीं है, हम रोज सही पते पर पहुँचकर भी भटके हुए होते हैं।

चंदर को बहुत अच्छे-से मालूम था कि सुधा को ऐसी कंडीशन में अकेले छोड़कर जाना ठीक नहीं है। लेकिन उसकी वहाँ रुकने की हिम्मत नहीं थी। चंदर जितना सुधा को जानता था उसको बहुत अच्छे-से मालूम था कि वो सब संभाल लेगी। लड़कियाँ सब अकेले संभाल लेती हैं। चंदर अपना सामान पैक करके निकल ही रहा था इतने में सुधा बोली,

“कब आओगे?”

"मेरे आने से कुछ फर्क पड़ता है क्या?"

"मैं बोलूँगी पड़ता है, तो क्या रुक जाओगे?"

"अब रुकना मुश्किल है मेरा, मुझसे न ये दुनिया झेली जा रही है, न तुम, न ऑफिस, न ये घर। ऐसे लग रहा है सब दुबारा शुरू करना पड़ेगा।"

"ठीक है, जाओ मैंने पहले भी कहा था तुम फ्री हो।"

"तुम रोकोगी नहीं?"

"रोकूँगी तो पक्का नहीं रुकोगे। हाँ, अगर न रोकूँ तो शायद तुम आ जाओ।"

"तुम्हें ये नहीं लगता कि मैं गलत कर रहा हूँ?"

"नहीं।"

"क्यूँ नहीं लगता तुम्हें ऐसा। तुम्हारे इस 'नहीं' ने मेरा रुकना मुश्किल कर दिया है। तुम्हारा कोई फर्क न पड़ने से ज्यादा बेचैन मुझे और कुछ नहीं करता।"

"इतना ही है तो रुक जाओ।"

"तुम्हें पता है न कि तुम सही से रोक लोगी तो मैं नहीं जा पाऊँगा।"

"हाँ, पता है।"

"फिर भी नहीं रोकना?"

"नहीं।"

"तुम अबॉर्ट करा दो बच्चे को।"

"बस, आगे कुछ और मत बोलना। तुम जाओ।"

"लेकिन अकेले कैसे करोगी?"

"बस बोला न, तुम जाओ चंदर। सब हो जाएगा, सब हो जाता है।"

जाने से पहले चंदर ने सुधा को गले लगाया। सुधा ने चंदर को ज्यादा जोर से गले लगाया। चंदर ने सुधा के पेट पर सहलाकर बच्चे की आहट

महसूस करने की कोशिश की। न सुधा कुछ बोली, न चंदर, न ही बच्चे की वो सहलाहट, न ही घर, न घर की खिड़की, न घर की खिड़की से आ रही धूप, न ही खिड़की से दिखने वाला वो पेड़, न दरवाजा, न आलमारी, न बेड सब एक साथ बिना आवाज किए फफक-फफक के रो रहे थे। सबकुछ शांत था। सबकुछ सुन्न था। दुनिया चुप थी।

ह से हरिद्वार

चंदर ने मुंबई से निकलकर ये नहीं सोचा था कि कहाँ जाएगा कितने दिनों के लिए जाएगा। वो पहले एयरपोर्ट पहुँचा। उसने एक-दो जगह की फ्लाइट के बारे में पता किया लेकिन वो कहीं जल्दी नहीं पहुँचना चाहता था। एयरपोर्ट पर सब जल्दी में थे। लेकिन चंदर को अब कोई जल्दी नहीं थी।वो वहाँ से निकलकर रेलवे स्टेशन पहुँचा। रेलवे स्टेशन पर उसको अपने कॉलेज का टाइम याद आया। उसको हरिद्वार का ट्रिप याद आया। जब वो हर की पैड़ी पर गंगा में पैर डालकर रात भर बैठा था। ये सब सोचकर चंदर ने हरिद्वार जाने वाली ट्रेन का पता किया। पुरानी जगहों पर इसलिए भी जाते रहना चाहिए क्यूँकि वहाँ पर हमारा पास्ट हमारे प्रेजेंट से आकर मिलता है। लाइफ को रिवाइंड करके जीते चले जाना भी आगे बढ़ने का ही एक तरीका है।

दो दिन बाद चंदर हरिद्वार पहुँचा। वहाँ गंगा में पैर डालकर वो रात भर बैठा रहा। जब घाट पर बैठे-बैठे चंदर ने अपना मोबाइल खोला तो देखा कि उसमें दुनिया भर के तमाम मैसेज हैं। कोई उसको लोन दे रहा है, कई नयी फ्रेंड रिक्वेस्ट है, खुशियों की दीवाली, खुशियों का नया साल, कोई घर बेच रहा है तो कोई नयी-पुरानी कार, कोई नयी हैल्थ प्लस सेविंग पॉलिसी बेच रहा है। जैसे कुछ-न-कुछ खरीदते रहना ही इस दुनिया में खुशी पाने का आखिरी तरीका बचा हो। चंदर को अपने मोबाइल में सुधा का एक भी

मैसेज नहीं मिला। इस बात से वो थोड़ा उदास हुआ और अपना मोबाइल वहीं गंगा में फेंक दिया। मोबाइल फेंकते ही उसे लगा कि जैसे पुरानी दुनिया से उसका सारा कनेक्शन अब खत्म हो गया। उसको थोड़ा-सा हल्का महसूस हुआ। गंगा के पास बैठे-बैठे चंदर के लिए पूरी दुनिया जैसे नदी हो गई थी। मोबाइल फेंकते ही उसको लगा कि सबकुछ बह गया। गंगा का पानी बहुत ठंढा था और चंदर के अंदर सबकुछ जल रहा था। हर की पैड़ी घाट पर बैठकर चंदर को मुंबई की, समंदर की, रेत की बहुत याद आई। जब चंदर को मुंबई की, समंदर की, रेत की याद आ रही थी तो सुधा की याद भी आकर इन यादों में घुलती जा रही थी।

सुबह होने पर चंदर पास के एक आश्रम में गया। वहाँ रजिस्ट्रेशन कराने के बाद अपने कमरे में जाकर सोने की कोशिश की। आश्रम में सुबह-शाम दो बार ध्यान होता था, जिसमें हर रुकने वाले को जाना जरूरी था। 2-3 घंटे बाद ही उसको ध्यान करने के लिए उठा दिया गया। नहाकर नाश्ता करके चंदर ध्यान वाले कमरे में पहुँचा। वहाँ पर कोई गुरु जी आत्मा-परमात्मा के बारे में बता रहे थे। जब आदमी अंदर से खाली होता है तो आत्मा-परमात्मा की बातें कितनी बकवास लग सकती हैं उसको ये एहसास उसी दिन हुआ।

चंदर का मन किसी भी बात में लग ही नहीं रहा था। उसे बार-बार लग रहा था, पाँच-दस दिन में वो लौट जाएगा। किसी तरह उसने दो घंटे ध्यान में बैठने का नाटक किया। जिस ढर्रे पे जिंदगी चला करती है उसमें किसी को नाटक करना सीखने के लिए कोई ट्रेनिंग लेने की जरूरत नहीं होती। हर कोई कभी-न-कभी जिंदगी में जिंदगी का नाटक करता ही है। ये सब सोचते हुए चंदर दो घंटे तो नाटक सहन करता रहा लेकिन उसके बाद वो झेल नहीं पाया। जिंदगी की सबसे अच्छी बात यही है कि वो रह-रह हमारी उदासियों और बेचैनियों के बहाने हमें नींद से जगाती रहती है। चंदर मन-ही-मन बुदबुदाया कि भगवान भी बहुत बड़े नाटक का छोटा-सा हिस्सा है। ये सोचकर वो अभी मन-ही-मन खुश हो ही रहा था कि इतने में गुरु जी की धुंधली आवाज सुनाई पड़ी,

“ऐसे ही रोज दो घंटे परमात्मा को दीजिए एक दिन आनंद आएगा।”

चंदर ने वहाँ सात-आठ दिन रुककर ‘आनंद’ के आने का बेसब्री से इंतजार किया। इस बीच उसको बार बार लगा कि वो लौट जाए। लेकिन वो लौटकर फिर से वैसे शुरू करना नहीं चाहता था। हर बीतते दिन के साथ उसकी बेचैनी बढ़ती जा रही थी। दुनिया में तमाम चीजों जैसे भगवान भी एक तरह का एडजस्टमेंट हैं जो लोग अपने कम्फर्ट के हिसाब से कर लेते हैं। चंदर ये एडजस्टमेंट सुधा के साथ भी नहीं कर पाया था तो वो भगवान के साथ क्यूँ करे। ये सोचकर वो अपना सामान उठाकर बस स्टैंड पहुँच गया।

हमारी असली यात्रा उस दिन शुरू होती है जिस दिन हमारा दुनिया की हर चीज से, हर रिश्ते से, भगवान पर से विश्वास उठ जाता है और यात्रा उस दिन खत्म होती है जिस दिन ये सारे विश्वास लौटकर हमें गले लगा लेते हैं। हम सब केवल किसी-न-किसी चीज में विश्वास करना सीखने के लिए पैदा होते हैं। भटकना मंजिल की पहली आहट है। कोई सही से भटक ही ले तो भी बहुत कुछ पा जाता है। सच्ची आजादी का कुल मतलब अपनी मर्जी से भटकना है।

गूगल मैप्स से चलने वाले अक्सर गलत मोड़ ले लेते हैं। चंदर ने ये सोच लिया था जब भटकना ही है तो वो अपने हिसाब से भटकेगा। इसलिए शायद अब वो या तो नयी दुनिया ढूँढ़ सकता था या फिर पुरानी दुनिया में अपना नया कोना।

ब से बस

चंदर हरिद्वार बस स्टैंड पहुँचते ही पहली बस में बैठ गया। बस में बैठते ही उसको खूब गहरी नींद आई जो आश्रम में पिछले सात-आठ दिनों में नहीं आई थी। थोड़ी देर बाद चंदर के पड़ोस में बैठी लड़की ने उसे उठाया। कंडक्टर

टिकट के लिए पूछ रहा था। चंदर ने लापरवाही से कहा, “जहाँ तक बस जा रही है, वहाँ तक का टिकट दे दो।”

बस मसूरी जा रही थी। मसूरी के रास्ते में पड़ने वाले शिव मंदिर पर बस रुकी। चंदर के पड़ोस वाली लड़की ने कहा,

“आगे बस बहुत घूमेगी आप उठ जाइए। बार-बार आपका सिर मेरे कंधे पर आ रहा है।”

“सॉरी!”

“यहाँ चाय बहुत अच्छी मिलती है। आप चाहें तो ले सकते हैं।”

चंदर ने उतरकर मुँह धोया। उसको सोए हुए मुश्किल से तीन घंटे ही हुए थे लेकिन बड़ा फ्रेश लग रहा था। उसने मंदिर में मिलने वाली फ्री खिचड़ी और चाय ली। इस मंदिर से लगी हुई एक रत्नों, रुद्राक्ष वगैरह की दुकान भी थी। जहाँ बार-बार कई जगह लिखा हुआ था नकली साबित करने वाले को पाँच लाख का इनाम। थोड़ा अजीब है लेकिन हमारी जिंदगी के कई असली केवल इसीलिए असली हैं क्यूँकि वो अभी तक नकली साबित नहीं हुए हैं।

लोग अपने-अपने हिसाब से असली माला, रुद्राक्ष वगैरह खरीद रहे थे। चंदर के पड़ोस वाली लड़की बस के दूसरी तरफ पहाड़ को निहार रही थी। चंदर उसके पड़ोस में जाकर खड़ा हो गया। इससे पहले वो कुछ बोलता, वो लड़की बोली,

“घर छोड़ कर आ रहे हो?”

“हाँ, कुछ ऐसा ही। तुम्हें कैसे पता?”

“जहाँ तक बस जाती है वहाँ तक टिकट माँगने वाले अक्सर घर छोड़कर भागे हुए होते हैं।”

“घर तो छोड़ा है मैंने लेकिन भागा नहीं हूँ।”

“तुम भी घर छोड़कर निकली हुई हो क्या?”

“हाँ, तीन साल हो गए।”

“नाम क्या है तुम्हारा?”

“पम्मी और तुम्हारा?”

“चंदर। वैसे घर किस वजह से घर छोड़ा? कोई लड़के-वड़के के चक्कर में?”

“हर लड़की लड़के के लिए घर नहीं छोड़ती।”

“तो तुमने किसके लिए छोड़ा?”

“अपने लिए, अपने पागलपन के लिए।”

“ऐसा क्या पागलपन है तुम्हारा जिसके लिए घर छोड़ना पड़ा?”

“तुम कुछ ज्यादा ही सवाल नहीं पूछ रहे! घर तो छोड़ दिया कोई बात नहीं। बातें करते रह गए तो बस जरूर छूट जाएगी।”

पम्मी और चंदर दोनों के बस में बैठते ही मसूरी चलकर बस के पास आना शुरू हो गया। चंदर खुद में ही इतना उलझा हुआ था कि उसने पम्मी से ज्यादा कुछ जानने की कोशिश नहीं की। उतरने से पहले पम्मी ने चंदर को अपना नंबर दिया और कोई भी जरूरत पड़ने पे फोन करने को कहा।

म से मसूरी

चंदर ने मसूरी पहुँचकर दो-तीन होटल देखे। जिस होटल के कमरे से बाहर पहाड़ सबसे अच्छा दिख रहा था चंदर ने वो होटल फाइनल कर दिया। होटल वाले के ये पूछने पर कि कितने दिन के लिए कमरा चाहिए। चंदर कोई जवाब नहीं दे पाया। होटल वाले ने दुबारा पूछा कि कमरा कितने दिनों के लिए चाहिए। चंदर ने थोड़ा सोचकर बोल दिया कि उसका मसूरी रुकना काम पर डिपेंड करता है फिर भी एक हफ्ता तो लग ही जाना चाहिए।

होटल के रजिस्टर में एंट्री करते हुए एड्रैस वाला कॉलम भरते हुए चंदर

का पेन थोड़ा-सा, बहुत थोड़ा-सा काँपा। पिन कोड के हर एक जीरो में छुपी हजारों यादें थोड़ी लड़खड़ा गईं। चंदर के कमरे में पहुँचते ही बिस्तर ने उठकर उसको गले लगा लिया। नींद उसका सिर सहलाने लगी। कंबल ने उसको ओढ़ लिया। कमरे के बाहर दिन शाम के साथ घुलकर रात को बुला रहा था। तारें टूट-टूटकर रात का अधूरापन भरने लगे। आवाजें झींगुर हो गईं। सबकुछ ठहर रहा था।

करीब दस घंटे सोने के बाद चंदर की नींद सुबह करीब सात बजे खुली। घर से निकलने के बाद ऐसा पहली बार हुआ था कि चंदर इतनी गहरी नींद सोया हो। शहरों की नापतौल वहाँ रहने वाले लोगों की नींद से करनी चाहिए। शहर छोटा या बड़ा वहाँ रहने वालों की नींद से होता है। ठिकाना तो कोई भी शहर दे देता है, गहरी नींद कम शहर दे पाते हैं।

सुबह उठने के बाद चंदर इतना शांत था जैसे दस घंटे की नींद के बाद नहीं दस घंटे के मेडिटेशन के बाद उठा हो। चंदर को कभी सुबह उठने की आदत नहीं थी। जो सुबह जल्दी नहीं उठते वो किसी दिन गलती से जल्दी उठ जाते हैं तो उन्हें लगने लगता है सुबह इतनी अच्छी होती है, रोज ही सुबह उठना चाहिए। चंदर को भी सुबह देखकर लगा कि अभी तक वो न जाने कितनी सुबहों का नुकसान कर चुका है।

चंदर ने अपना जैकेट पहना और मसूरी टहलने के लिए निकल गया। दुनिया की तमाम चीजों में से जिनका आप भरोसा नहीं कर सकते उनमें से एक मसूरी का मौसम भी है। कब मौसम साफ हो जाए और कब एकदम से धुँध हो जाए पता ही नहीं चलता। रोज की तरह दुनिया धीरे-धीरे शुरू हो रही थी ठीक वैसे जैसे आज दुनिया का पहला दिन हो। बच्चे स्कूल जा रहे थे। चाय की दुकानें अभी खुल ही रही थीं। कुछ बच्चे, बूढ़े, जवान सभी शेप और साइज के लोग टहल रहे थे। कुछ बूढ़े इतनी जल्दी-जल्दी टहल रहे थे कि जैसे ऐसे ही टहलते-टहलते एक दिन जवान हो जाएँगे। कुछ अंकल-आंटी लोग वहीं बेंच पर बैठकर अनुलोम-विलोम कर रहे थे। उधर चाय की दुकान के पास कुछ लोग अखबार पर आँख गड़ाए हुए थे। अपनी शादी के सालों

की लंबाई के हिसाब से सड़कों पर दिखने वाले couples के बीच की दूरी नापी जा सकती थी। थोड़ा ही आगे चलने पर चंदर को 'Honeymoon Inn' होटल दिखा। होटल देखकर सुधा की याद आई। फिर सुधा की बात की याद भी। फिर सुधा के साथ बिताया टाइम। फिर सुधा की ज़िद भी याद हो आई। और सड़क पर खड़े-खड़े एक ही मिनट में चंदर 'Honeymoon Inn' के सामने फिर से एक बार अकेला हो गया।

अगली चाय की टपरी पर जाकर चंदर चाय लेकर चाय के ग्लास की गर्माहट को हल्के-हल्के महसूस कर रहा था। चंदर के हाथ का जितना हिस्सा चाय के प्याले की गर्माहट को छू रहा था, उतने हिस्से को सुधा की याद आ रही थी। यादें सिर पे मँड़राने वाले मच्छरों के झुंड की तरह होती हैं, कहीं भी भाग जाओ वो सिर पे घेरा बनाकर भिनभिनाने लगती हैं।

मसूरी का एक चक्कर लगाने के बाद चंदर लौट ही रहा था कि 'पम्मी ट्रैवल' की दुकान दिखाई पड़ी। दुकान बाहर से कोई भी नॉर्मल टूर ऐंड ट्रैवल की दुकान लग रही थी। वो ये सोचकर दुकान को पीछे छोड़कर आगे बढ़ गया कि अगर पम्मी से मिलने गया तो वो सोचेगी कि बड़ा चेप टाइप है। एक ही दिन में दुकान ढूँढ़कर मिलने भी आ गया।

चंदर को मसूरी की ठंढ और ठंढ में मिले हुए कोहरे को महसूस करते हुए पता ही नहीं चला कि कब दो घंटे बीत गए। चंदर को मुंबई के ट्रैफिक की इतनी आदत हो चुकी थी कि मसूरी कि सड़कें उसको गोद जैसी लगीं। मुंबई की सड़कों पर सुकून नहीं था और मसूरी की हर एक चीज में उसको सुकून दिख रहा था। ऐसा शायद वहाँ रहने वाले के साथ न होता हो लेकिन चंदर की आँखों में अभी भी मुंबई की सड़कों की बेचैनी अटकी हुई थी।

हम सभी का अपना एक फेवरेट शहर होता है जहाँ हम रिटायर होने के बाद रहना चाहते हैं। कमाल की बात है कि हम उस शहर का पता जानने के बाद भी कभी वहाँ पहुँच नहीं पाते। अगर जिंदगी के पते पर पहुँचना इतना आसान होता तो जिंदगी की औकात दो नंबर के GK के सवाल भर की होती।

आगे बढ़कर चंदर किताब की एक दुकान पर पहुँचा। दुकान पर किताब ढूँढ़ते-ढूँढ़ते चंदर को याद आया कि उसको किताब की दुकान पर जाकर घंटों किताब ढूँढ़ना कितना पसंद था। कैसे वो किताब की दुकान पर घंटों टाइम बिता दिया करता था। कई बातें जो हमें बहुत अच्छी लगती हैं वो हम पता नहीं कैसे एक दिन भूल जाते हैं। दुकान पर करीब वो दो घंटे बिताने के बाद उसने कुल 8-10 किताबें खरीदीं। जिसमें रस्किन बॉन्ड की दो किताबें, मनोहर श्याम जोशी की 'ट टा प्रोफेसर', अज्ञेय की 'शेखर एक जीवनी', विनोद कुमार शुक्ल की 'दीवार में एक खिड़की रहती थी', भगवती चरण वर्मा की 'चित्रलेखा', धर्मवीर भारती की 'गुनाहों का देवता' और सुरेन्द्र वर्मा की 'मुझे चाँद चाहिए' थी। दुकानदार ने चंदर को इतनी किताबें खरीदते देख कुछ नयी किताबें सजेस्ट किया लेकिन चंदर ने दुकानदार की बात पर कुछ खास ध्यान नहीं दिया। लोग कहते हैं कि किताबें दोस्त होती हैं। चंदर अपने कुछ पुराने दोस्त पाकर खुश था। असल में किताबें दोस्त तब बनती हैं जब हम सालों बाद उन्हें पहली बार की तरह छूते हैं। किताबें खोलकर अपनी पुरानी अंडरलाइन्स को ढूँढ़-ढूँढ़कर छूने की कोशिश करते हैं। किसी को समझना हो तो उसकी शेल्फ में लगी किताबों को देख लेना चाहिए, किसी कि आत्मा समझनी हो तो उन किताबों में लगी अंडरलाइन को पढ़ना चाहिए।

चंदर को किताबें खरीदने में करीब साढ़े ग्यारह बज गए। उसे अब थोड़ी-थोड़ी भूख लगनी शुरू हो गई थी। वो किताब की दुकान के पास ही एक कैफे में जाकर बैठ गया। कैफे साइज में बड़ा था लेकिन कैफे का मेन्यू छोटा-सा था। मुश्किल से 3-4 टेबल, मेन्यू में बस तीन-चार तरह के पराठे, एक-दो तरह के सैंडविच और चाय, कॉफी, नींबू-पानी। बस इतना ही मिलता था कैफे में। इक्का-दुक्का टूरिस्ट बीच-बीच में आलू, गोभी, पनीर के पराठे खाने आते रहते।

चंदर ने पराठे और चाय ऑर्डर करके किताबें पलटना शुरू कर दिया था। किताब पलटते-पलटते करीब एक घंटा बीत गया। शहर छोटा हो तो दिन बड़े हो जाते हैं। चंदर आराम से किताब पढ़ने में मशगूल हो गया। 'शेखर

एक जीवनी' को पलटते हुए उसको अपनी जान-पहचान की एक पुरानी लाइन मिली।

'यदि प्रत्येक व्यक्ति अपनी जीवनी लिखने लगे तो संसार में सुंदर पुस्तकों की कमी न रहे'। इस लाइन को पढ़कर चंदर ने किताब के पन्ने को सहलाया और किताब के पन्ने ने वापिस चंदर को सहलाया। ये लाइन कहीं खो न जाए इसलिए चंदर ने काउंटर वाले लड़के से पेन माँगा और अपनी जिंदगी के बारे में सोचने लगा कि उसको अगर अपनी किताब लिखनी हो तो उसका एंड वो क्या लिखेगा। ऐसा कुछ तो उसने किया नहीं है। उसकी कहानी में ऐसा अलग क्या है जो वो बैठ के किसी को सुना पाए। ये सोचकर चंदर को पहली बार अपने ऊपर कोफ्त हुई। किताबें मजा देती हैं और अच्छी किताबें मजे-मजे में पता नहीं कब बेचैनी दे देती हैं।

चंदर पहली बार अपनी जिंदगी के बारे में किताब की तरह सोच रहा था। दिमाग पर बहुत जोर डालने के बाद भी उसे समझ नहीं आया कि उसकी कहानी का एंड क्या है। उसको पहुँचना कहाँ है? वो करना क्या चाहता है? सुधा अगर शादी के लिए मान जाती तो क्या वो एंड होता? सुधा से बच्चे होते तो क्या होता? उसके बच्चे बड़ा होकर बहुत अच्छा करते क्या वो एंड होता? ऑफिस में अपने दोस्तों जैसे दो-तीन घर बुक करवा लेता क्या वो एंड होता? शेयर में इन्वेस्ट करके लाखों कमा लेता क्या वो एंड होता? अपनी जिंदगी के बारे में किताब की तरह सोचने से समझ में आता है कि हम रोज कैसी टुच्ची जिंदगी जीने के लिए मरे जा रहे हैं।

किताब और जिंदगी में बस लॉजिक भर का फर्क होता है। किताबों का अंत लॉजिकल होता है, जिंदगी का नहीं होता। जो लोग जिंदगी लॉजिक से ढूँढ़ते हैं उनके जवाब हमेशा गलत होते हैं। ये सब सोचते हुए उसे पहली बार ये खयाल आया कि छुट्टियाँ क्यूँ इतनी जरूरी होती हैं। अपनी जिंदगी के बारे में किताब की तरह सोचने से कई सारे भ्रम दूर हो जाते हैं।

चंदर को बहुत ढूँढ़ने पर भी अपनी जिंदगी का कोई लॉजिकल अंत नहीं

मिलता। उसने थककर अपनी जिंदगी के अंत के बारे में सोचना बंद कर दिया और एक और चाय का ऑर्डर दे दिया। चाय की चुस्की में जैसे पुराने दिन घुले हुए होते हैं। हर एक चुस्की के साथ पुराने दिन उसके अंदर उतरकर उसको बेचैन करने लगे। अब सुधा से ज्यादा उसको अपने होने वाले बच्चे की याद आती। सुधा हमेशा कहती थी हमें केवल यादें याद नहीं आतीं बल्कि सबसे ज्यादा वो यादें याद आती हैं जो हम बना सकते थे। चंदर अपने मन में अपने बच्चे की शक्ल बनाने लगा। बच्चा किसके जैसा ज्यादा दिखेगा? चंदर हमेशा से चाहता था कि जब भी बच्चा हो तो लड़की हो क्यूँकि बच्ची होने पर वो सुधा के बचपन की झलक देख पाता, छू पाता।

ये सारी बातें उसको परेशान कर रही थीं, तभी उसने देखा कि कैफे में पम्मी आई हुई है। पम्मी ने काउंटर पर बैठे लड़के से कुछ बात की। वो चाय बनाने का बोलकर जैसे ही घूमी चंदर पर उसकी नजर पड़ी। चंदर को देखकर पम्मी उसकी टेबल पर आई और इतनी सारी किताबें देखते ही बोली,

"तो इसलिए घर छोड़ा था?"

"मुझे खुद नहीं पता किसलिए, तुम्हें क्या लगता है किसलिए छोड़ा होगा घर?"

"इतनी सारी किताबें हैं, तो किताबें पढ़ने के लिए ही छोड़ा होगा। किताबें पढ़ने के लिए घर छोड़ने वाले तुम दुनिया के पहले आदमी होगे।"

"गुड आइडिया! दिन भर बैठकर बस किताब पढ़ना और चाय पीना, इतना हो जाए तो लाइफ सेट है। किताबें भी बहुत हो गईं और यादें भी। यादें तो इतनी हो गई हैं कि नयी यादें बनाने की जरूरत नहीं है, पुरानी वाली रिवाइज करके ही काम चल जाएगा।"

"आज कल ब्रेकअप के बाद घर कौन छोड़ता है यार?"

"ब्रेकअप के लिए नहीं छोड़ा, अपने पागलपन के लिए छोड़ा।"

"क्या है पागलपन तुम्हारा?"

"पता नहीं ढूँढ़ रहा हूँ।"

“कहाँ ढूँढ़ रहे हो किताबों में?”

“अपने-आप में। आज घर छोड़े हुए 11 दिन हुए हैं। मिल जाएगा। खैर, तुम यहाँ कैसे?”

“इस कैफे का मालिक कैफे को बेचना चाहता है। एक बजे का टाइम दिया था अभी तक आया नहीं।”

“ये तो बहुत बड़ी जगह है। तुम भी कैफे चलाओगी या कुछ और प्लान है। बाइ द वे मैंने तुम्हारी शॉप देखी थी। तुम्हारा तो टूर ऐंड ट्रैवल का काम है, फिर कैफे क्यूँ?”

“अरे! तो आए क्यूँ नहीं तुम?”

“अपना पागलपन ढूँढ़ने में बिजी था। खैर, तुम्हारा इस जगह को लेकर क्या प्लान है? पम्मी टूर ऐंड ट्रैवल की क्या कहानी है? तुम्हें मिल गया अपना पागलपन?”

“बाप रे! इतने सवाल एक साथ। घरवाले इतने ही सवाल पूछते थे, इसलिए घर छोड़ दिया था।”

“फिर एक-एक करके बता दो।”

“बस एक ही शौक है मेरा घूमना-फिरना। रुड़की में पैदा हुई। पढ़ने में सही थी मैं, वहीं आईआईटी रुड़की से मैंने बी. टेक. किया। मसूरी ट्रैक करने कई बार आई। बस इसमें मन लग गया। कॉलेज के बाद करीब पाँच साल जॉब किया। कई कंट्री गई, खूब घूमी। जब इतने पैसे बच गए कि एक साल काम चल जाएगा तो ये शॉप ले ली। यहाँ इस कैफे में मेरा एक ट्रैवल कैफे खोलने का मन है। लोग आएँ, अपनी ट्रिप प्लान करें। होटल में वो फील नहीं आती। मैं चाहती थी ट्रेवेलर्स यहाँ आकर रुक पाएँ कुछ दिन। मैं उनको ट्रैक पर लेके जाऊँ। कभी बाहर का टूर बने तो कोई नया देश, कोई नयी जगह देखने जाऊँ। नए लोगों से मिलूँ। उनकी कहानियाँ सुनूँ। बस इतना-सा पागलपन है।”

“प्यार-व्यार नहीं हुआ इस बीच?”

"दो बार हुआ। घनघोर वाला हुआ। लेकिन यार मेरे से ये शादी वाला सेंटीयापा बर्दाश्त नहीं होता।"

पम्मी के ये बोलते ही चंदर के सामने रखा खाली कप सुधा की याद से भर गया। तभी वहाँ कैफे का मालिक आ गया। पम्मी उससे बात करने के लिए दूसरी टेबल पर जाकर बैठ गई। 15-20 मिनट तक उन्होंने कैफे को लेकर कुछ डिस्कस किया। इस बीच चंदर उठकर वहाँ से चल दिया। अपने कमरे में आकर चंदर ने किताब खोलकर रखी और किताब ने चंदर को पढ़ना शुरू कर दिया।

अगले 3-4 दिन चंदर ने उसी कैफे में किताबें पढ़ते और चाय-पराठे खाते बिता दिए। खरीदी हुई किताबों में से आधी किताबें चंदर ने पढ़ भी लीं। पुरानी अंडरलाइन्स ने एक बार फिर से चंदर को ढूँढ़ लिया था। कैफे के बैरा अब उसको पहचानने लगे थे। मसूरी को, मसूरी की सड़कों को अब चंदर अजनबी नहीं लगता। आते-जाते होटल वाला चंदर को जगहें बताता रहता। कई बार insist करके धीमी टोन में पूछता भी,

"सर, कोई भी इंतजाम करना होगा तो बता दीजिएगा। हमारे यहाँ सब इंतजाम reasonable रेट पर हो जाता है।"

होटल वाला भी अब चंदर के लिए अजनबी नहीं था। वो चंदर को बार-बार मोबाइल पर लड़कियों के फोटो दिखाने की कोशिश करते हुए बताता रहता,

"सर, एक बार देख तो लीजिए, मुंबई की हीरोइन भूल जाएँगे।"

चंदर उसके इस ऑफर को हर बार मुस्कुराकर टाल दिया करता।

इस बीच चंदर ने अपने घर पर बता दिया कि वो विपश्यना के ध्यान शिविर में गया हुआ है। उसका फोन कुछ दिन बंद रहेगा, वो लोग परेशान न हो। इस बीच चंदर ने सुधा को फोन करने की कोई कोशिश नहीं की। गुस्सा जब बढ़ जाता है तो दुनिया को झेलना बड़ा मुश्किल हो जाता है। गुस्सा जब हद से ज्यादा बढ़ जाता है तो अपने-आप को झेलना मुश्किल हो जाता

है। कमाल की बात ये है कि हम अपने आप से चाहे जितना गुस्सा हो जाएँ, एक सुबह अपने-आप सब सही हो जाता है। चंदर का अपने-आप से गुस्सा थोड़ा-थोड़ा कम हो रहा था। चंदर का अपने-आप को झेल पाना मसूरी ने थोड़ा आसान कर दिया था।

जैसे-जैसे किताबों के पन्ने पलटते जा रहे थे वैसे ही अगला दिन अपने आप को पलटता जा रहा था। ऐसे ही एक दिन टहलते हुए चंदर पम्मी की शॉप के बाहर से गुजरा और इस बार वो अंदर चला गया।

"तुम कैफे कब ले रही हो? उस कैफे में चाय के पैसे देना अच्छा नहीं लगता।"

"काश ऐसा होता! कैफे की डील हो नहीं पा रही।"

"क्यूँ?"

"उसका ओनर 12 लाख रुपये बोल रहा है।"

"कैफे तो बहुत अच्छा है।"

"हाँ, वही तो। मैं डील मिस नहीं करना चाहती।"

ये सुनकर चंदर चुप हो गया। पम्मी ने चाय के लिए पूछा। चंदर ने चाय के लिए तुरंत हाँ किया। वो चाय को कभी मना कर ही नही पाता था। चंदर ने पम्मी से उसका कम्प्यूटर यूज करने के लिए माँगा। चंदर ने अपना ईमेल चेक किया। मेल बॉक्स में दुनिया भर की मेल थी। डॉक्टर बत्रा से लेकर होम लोन तक लेकिन सुधा का एक भी ईमेल नहीं था। मेल चेक करने के बाद चंदर ने एक कागज का टुकड़ा लेकर कुछ हिसाब-किताब किया और बोला,

"कैफे वाली डील मिस मत करो"

"नहीं करना चाहती लेकिन क्या करूँ? हालाँकि, मैंने टाइम ले रखा है। बैंक मुझे लोन देगा नहीं। एक बंदे से बात की है वो बोल रहा है दो लाख रुपये लेगा और 12 लाख का लोन अप्रूव करा देगा। लेकिन वो बंदा सही नहीं लग रहा।"

"कैफे चलोगी?"

"बोल तो ऐसे रहे हो जैसे कैफे खरीदने जाना हो।"

"कैफे खरीदने भर के पैसे थोड़े हैं मेरे पास, पराठे खिलाने भर के हैं। चलो चलते हैं।"

"चलो।"

ग से गोभी का पराठा

कैफे पहुँचकर चंदर ने गोभी के दो पराठे ऑर्डर किए। कैफे में terrace के सामने पहाड़ दिखता था। टेरिस में थोड़ा-सा आसमान, थोड़ा-सा पहाड़ और थोड़ी-सी धूप तीनों एक साथ झाँक रहे थे। चंदर ने टेबल पर पड़ती हुई थोड़ी-सी धूप को अपने हाथ पर मला और पम्मी से पूछा-

"क्या नाम सोचा था तुमने कैफे का? 'पम्मी कैफे ऐंड स्नैक्स' तो नहीं सोचा था न?"

"नहीं यार! 'मुसाफ़िर कैफे' सोचा था नाम।"

"मुसाफ़िर कैफे क्यूँ?"

"बस ऐसे ही, ऐसा कोई खास रीजन नहीं है। बस जब भी मैं कहीं घूमने जाती हूँ तो लगता है इस दुनिया में हम सब मुसाफिर ही तो हैं।"

"इतनी सीरियस बातें भी करती हो तुम?"

"करती नहीं हूँ, घूमने के बाद ये बात अच्छे से समझ आ गई।"

"और क्या समझ आया?"

"यही कि हम सबका हमारा future क्या है?"

"क्या है हमारा future, मुझे भी बताओ?"

“हम सब एक दिन या तो धुआँ हो जाएँगे या मिट्टी।”

ये सुनकर सामने रखी चाय की प्याली ने उठकर पम्मी का मुँह चूम लिया। धूप ने बढ़कर पम्मी के चेहरे को छू लिया। पम्मी के माथे के कुछ बाल हवा चलने की खुशी में लहराकर धूप से खेलने लगे।

उड़ते हुए बालों को अपनी याद से पकड़कर चंदर किसी दूसरी दुनिया में पहुँच गया। जिस दुनिया में सुधा थी, घर की खिड़की थी, सुबह की धूप थी और चंदर था। चंदर सुधा के माथे को सहलाते हुए उसके बालों से खेलते हुए कान में फूँककर नींद से उठाने की कोशिश कर रहा था।

“ऐ लड़की, अब उठ भी जाओ। रोज देर करती हो तुम।”

“आँखें खुल नहीं रही यार, चिपक गई हैं।”

“रोज चिपक जाती हैं तुम्हारी आँखें, कभी आँखों में कोई सपना नहीं चिपकता?”

“नींद टूट जाएगी जाओ तुम, बस पाँच मिनट और सोने दो।”

“उठो गंदे-गंदे सपने देखना बंद करो तुम, समझी!”

“अरे देखने दो, बहुत मस्त सपना चल रहा है।”

“क्या है सपना बताओ?”

“अरे, देखने तो दो पूरा।”

“जितना हुआ है उतना ही बता दो।”

“यार, दो मिनट सोने दो, जाओ चाय बनाओ तब तक।”

“चाय बन चुकी है। उठो अब।”

“सोने मत दो तुम, सपना छूट गया। लाओ चाय।”

“सपना छूट गया या टूट गया?”

“सपने टूटते कम हैं छूटते ज्यादा हैं। बहुत तेज चलते हैं सपने। इतने तेज कि याद ही नहीं रहता सपना देखा क्यूँ था। खैर, ये सब छोड़ो। चाय

अच्छी बनाते हो तुम। सुबह थोड़ी-सी तो तुम्हारी चाय की वजह से भी अच्छी हो जाती है।"

"थैंक्स!"

"थैंक्स बोलकर बात खराब मत किया करो, पहले भी कई बार कहा है। कभी-कभी चुप रहना ही काफी होता है।"

"ठीक है यार।"

"कभी हमारी शादी का सपना आया है तुम्हें?"

"कई बार आया है, बस इसी बात का तो डर लगता है।"

"डर किस बात का?"

"मेरे सपने सच नहीं होते यार। तुम्हें नहीं आते सपने?"

"आते हैं लेकिन याद नहीं रहते।"

"तुम्हें पता है मैं शादी क्यूँ नहीं करना चाहती?"

"क्यूँ?"

"ये ऊपर रुका हुआ पंखा देख रहे हो?"

"हाँ देख रहा हूँ। तो उसमें क्या है?"

"क्यूँकि शादी के बाद बिस्तर पर लेटने पर ऊपर पंखें की धूल दिखाई देती है, पंखें की हवा नहीं दिखाई देती।"

"तुम पागल हो सुधा, हवा तो ऐसे भी नहीं दिखती।"

"हवा दिखती है।"

"कैसे?"

"प्यार दिखता है?"

"नहीं। मेरा मतलब है, हाँ दिखता है प्यार।"

"प्यार भी हवा जैसा होता है। बस शुरू में धूल नहीं दिखती।"

उधर चंदर की यादों में सुधा उठी और इधर चंदर अपनी दूसरी दुनिया से फिर कैफे में लौट आया। पम्मी सामने टेरिस से खड़े होकर पहाड़ को देख रही थी। चंदर उठकर टेरिस तक गया और पम्मी को बोला-

"अच्छा नाम है मुसाफ़िर कैफे।"

"मेरे तो इतने सारे प्लांस हैं कैफे को लेकर। यहाँ ऊपर मैं 4-5 कमरे बनवाती जहाँ लोग आकर रुकते। हर कमरे से पहाड़ दिखता। मैं कोई पैसे नहीं लेती उनसे। जो लोग आते वही खुद बनाते और खिलाते, अपनी कहानियाँ सुनाते।"

"मैंने सोच लिया है कि इस कैफे में कभी पैसे देकर चाय नहीं पीऊँगा।"

"मतलब?"

"मतलब ये कि जितने रुपये कम पड़ रहे हैं उतने तुम मुझसे ले लो और डील डन कर दो।"

"तुम्हें अपना कुछ पता नहीं कि आगे लाइफ में क्या करना है और मुझे इतने रुपये देने की बात कर रहे हो।"

"हाँ, इसलिए कर रहा हूँ। इससे पहले मेरा भूत उतर जाए तुम डील डन कर दो।"

"लेकिन तुम मुझे जानते भी नहीं सही से।"

"उससे फर्क नहीं पड़ता, तुम मुझे भी तो सही से नहीं जानती। तुम अपने आपको अच्छे से जानती हो न वो काफी है।"

"क्यूँ चाहते हो ये कैफे? बस फ्री चाय पीने के लिए कोई इतने रुपए थोड़े देता है?"

"जब मैं कॉलेज में था और कोई पूछता था कि मैं लाइफ में सही में करना क्या चाहता हूँ तो हमेशा एक जवाब आता था मेरे दिमाग में कि चालीस साल की उम्र में रिटायर होकर किसी छोटी-सी जगह पर एक किताबों की दुकान खोल लूँगा। कोई किताब खरीदने आए तो ठीक नहीं भी आए तो

दिन भर बैठकर चाय पीता रहूँगा, किताबें पढ़ता रहूँगा और आस-पास के बच्चों को बुलाकर उन्हें दुनिया भर की कहानियाँ सुनाता रहूँगा। Basically I wanted a world made up of books, chai, hills & rains. इससे ज्यादा बड़ा कभी सोच ही नहीं पाता था। इस कैफे को देखकर मुझे बचपन का अपना वो जवाब याद आता है। इस कैफे में एक कोना किताबों का दिखता है मुझे। हाँ, बस एक फर्क है दस साल पहले रिटायर हो गया हूँ। एक कोने में किताबें तो रखने दोगी न तुम?"

ये सुनकर पम्मी ने चंदर को अपने पास खींचकर गले लगा लिया और कान में फुसफुसाई,

"डील डन।"

सामने का पहाड़ थोड़ा-सा खिसककर आगे आ गया। पम्मी ने चंदर को गले लगा लिया। बैरा चंदर को देखकर मुस्कुरा दिया। चंदर गले लगे-लगे पम्मी से बोला,

"इस खुशी में पराठा तो खिला दो। बहुत भूख लग रही है और कैफे की पार्टी चाहिए मुझे।"

जिनके पास खोने के लिए कुछ नहीं होता वो फैसले जल्दी ले लिया करते हैं। जिस दिन हमको ये समझ में आता है कि यहाँ हममें से किसी के भी पास जिंदगी के अलावा खोने को कुछ नहीं है, उस दिन हम अपनी जिंदगी का पहला कदम अपनी ओर चलते हैं। बाहर चलते-चलते हम करीब-करीब भूल ही चुके होते हैं कि हमारे अंदर भी एक दुनिया है।

चंदर ने भी अपनी ओर चलने वाले इस फैसले को लेने में ज्यादा टाइम नहीं लगाया। कैफे से निकलकर चंदर और पम्मी, 'पम्मी टूर ऐंड ट्रैवल' के ऑफिस गए। चंदर ने अपने अकाउंट का हिसाब-किताब करके बता दिया कि रुपये दो दिन में ट्रान्सफर हो जाएँगे। पम्मी को अभी भी यकीन नहीं था कि ऐसा सही में होने जा रहा है। उसने कैफे के ओनर को पचास हजार देकर डील कन्फर्म कर दी। फिर उसने अपनी नोटबुक खोलकर चंदर को

मुसाफ़िर कैफे का पूरा नया लेआउट दिखाया। लेआउट में कैफे के ऊपर 3-4 कमरे एक तरफ थे और दूसरी तरफ दो कमरे का एक अपार्टमेंट जैसा था। जिसकी करीब 500 स्क्वायर फीट की बालकनी थी जो सामने पहाड़ की ओर देखती थी। कैफे के बीच से एक सीढ़ी ऊपर जा रही थी। लेआउट से ये कैफे जैसा नहीं, घर जैसा लगता था। पम्मी ने बताया कि उसने सोच रखा था कि वो यहाँ रहेगी। रोज सुबह अपनी बालकनी में बैठकर पहाड़ को देखते हुए आराम से चाय पिया करेगी। बारिश में भीगा करेगी, जाड़ों में शाम को बोन फायर करेगी और दारू पीकर लाइफ के बड़े-बड़े फंडे झाड़ा करेगी। पम्मी का लाइफ को लेकर बड़ा ही सिम्पल प्लान था। लाइफ को लेकर प्लान बड़े नहीं, सिम्पल होने चाहिए। प्लान बहुत बड़े हो जाएँ तो लाइफ के लिए ही जगह नहीं बचती।

चंदर पम्मी की खुशी देखकर खुश था। वो सबसे पहली कॉल सुधा को करके बताना चाहता था कि उसने कैफे का थोड़ा-सा हिस्सा खरीद लिया है। वो चाहता था कि सुधा वहाँ रहने आ जाए। इस वक्त बस वो सुधा को वापिस चाहता था। पहली बार उसको अपनी शादी-वादी करके पर्फेक्ट लाइफ वाली जिद बहुत ही फालतू लगी। पम्मी ने चंदर को मसूरी क्लब में डिनर पर इनवाइट किया। चंदर मुसाफ़िर कैफे वाले लेआउट में अपना हिस्सा ढूँढ़ने लगा।

म से मसूरी क्लब

मसूरी क्लब में एक टेबल पर पम्मी और चंदर का नाम साथ लिखा हुआ था। टेबल पर शैम्पेन की बोतल सजी हुई थी। पम्मी ने बहुत हल्का-सा मेकअप किया हुआ था और ब्लैक ड्रेस पहना हुआ था। चंदर ने तैयारी के नाम पर 15 दिन बाद आज शेव किया था और बालों को gel लगाकर गीला कर

लिया था।

"Cheers! क्या बात है कैंडल लाइट डिनर! थैंक्स पम्मी!"

"Cheers! थैंक्स वाली कोई बात नहीं है।"

"तैयार होकर तो अच्छी लगती हो तुम।"

"ऐसे नहीं लगती अच्छी?"

"इतनी अच्छी नहीं लगती जितनी अभी लग रही हो।"

"शेव क्यूँ की तुमने? दाढ़ी सूट करती है तुम पे, पहले किसी ने कहा नहीं?"

"नहीं, कभी किसी ने नहीं कहा। तुम पहली लड़की हो जो ऐसा कह रही है।"

"चलो अपनी कहानी सुनाओ, घर क्यूँ छोड़ा?"

"यार, मैं बस झेल नहीं पा रहा था कुछ भी। सुधा के साथ करीब एक साल से साथ रह रहा था। उसको हजार तरह से समझ चुका था शादी करने के लिए लेकिन वो मान ही नहीं रही थी। नौकरी में अच्छा कर रहा था। प्रमोशन भी हुआ लेकिन लग रह था कि रोज भागे तो जा रहा हूँ पर कहीं पहुँच नहीं रहा।"

"तो अपनी पूरी दुनिया से ब्रेक-अप करके आए हो!"

"हाँ, ऐसा ही समझ लो।"

"बढ़िया है न, प्रॉब्लम क्या है! दो-चार ब्रेकअप तो होने ही चाहिए?"

"हाँ, होने ही चाहिए, लेकिन ये ब्रेकअप थोड़ा अलग है।"

"सारे ब्रेकअप एक जैसे होते हैं।"

"नहीं, थोड़ा अलग है।"

"क्या अलग है?"

"सुधा 3 months pregnant है। ऐसी हालत में उसे छोड़ना नहीं

चाहता था मैं, लेकिन मैं झेल भी नहीं पा रहा था उसे।"

"प्यार बचा था तुम्हारे बीच?"

"हाँ, बहुत बचा था। इन्फैक्ट बच्चे की बात से मैं सबसे ज्यादा खुश था कि चलो अब सुधा मान जाएगी।"

"तुमने कभी पूछा नहीं, क्यूँ नहीं करना चाहती वो शादी?"

"हाँ, उसके शादी न करने के रीजन सही नहीं थे लेकिन गलत भी नहीं थे।"

"क्या वजह थी, अगर तुम्हें बताने में कोई प्रॉब्लम न हो तो?"

"नहीं नहीं, कोई प्रॉब्लम नहीं। सुधा अक्सर संडे शाम को उदास हो जाती थी। जब वो उदास होती तो दारू पीती थी। जब बहुत उदास होती थी, बिल्कुल भी नहीं पीती थी। बहुत देर तक चुप हो जाती थी और बड़बड़ाने लगती थी। जब हमने साथ रहना अभी शुरू ही किया था, एक दिन सुधा ने ऐसे ही उदास होकर मुझसे पूछा,

"तुम्हें कभी किसी की बहुत याद आती है?"

"हाँ।"

"किसकी?"

"अपनी गर्लफ्रेंड की।"

"अपने घर वालों की नहीं आती?"

"उनकी भी आती है लेकिन बहुत ज्यादा नहीं आती। तुम्हें किसकी आती है?"

"मुझे अपने एक अंकल की बहुत याद आती है। कभी-कभी सोचती हूँ कि मम्मी को उन अंकल से शादी कर लेनी चाहिए थी।"

"कौन अंकल?"

"हमारे घर पर एक अंकल आते था। मेरे पापा अच्छे नहीं थे। जब मैं

उनको अंकल बोलती थी तो वो कहते थे पापा बोला करो मुझको। उनकी बेटी मेरे बराबर थी। हम दोनों के लिए हमेशा बहुत सारी किताबें-खिलौने सब लेकर आते थे।"

"तो शादी क्यूँ नहीं की मम्मी ने?"

"पापा ने कभी तलाक दिया ही नहीं मम्मी को।"

"अब कहाँ है वो अंकल? तुमने कोशिश नहीं की ढूँढ़ने की?"

"नहीं।"

"क्यूँ, तुमको ढूँढ़ना चाहिए था उनको। कम-से-कम तुम रोती तो नहीं!"

"इसीलिए नहीं ढूँढ़ा क्यूँकि मिल जाते तो उनकी याद आना बंद हो जाती। संडे शाम को मुझसे बात मत किया करो।"

"ऐसी थी सुधा, एक वजह तो ये थी कि उसके अपने पैरेंट्स की शादी कभी सही नहीं चली। इसके अलावा सुधा वकील थी तो वो रोज कोर्ट में डिवोर्स देख-देखकर शादी को लेकर कभी sure नहीं हो पाई। उसको शादी से डर लगता था।"

अपनी ये कहानी सुनाकर चंदर ने शैम्पेन का एक बड़ा घूँट लिया।

पम्मी ने ये सुनकर खामोशी का एक लंबा घूँट लिया। सामने टेबल पर जलती-बुझती हुई मोमबत्ती से थोड़ी-सी उदासी निकलकर दोनों के चेहरों पर फैल गई। पम्मी ने अपनी उदासी को हाथ से पोंछकर चंदर से कहा,

"तुम्हें इतनी-सी बात समझ में नहीं आई?"

"नहीं आई, क्या करूँ! हर दिन एक जैसा थोड़े होता है। हमेशा एक जैसा तो नहीं होता न! खैर, मैं इस बारे में अब कोई और बात नहीं करना चाहता।"

"कोई बात नहीं।"

"तुम सुनाओ। तुम्हारी कहानी क्या है?"

"तुम्हें बताई तो थी। मेरी कहानी में इतना इमोशन, इतना ड्रामा नहीं है यार। बस दो बार घनघोर वाला प्यार हुआ था। एक बार pure love वाला प्यार, एक बार pure sex वाला प्यार।"

"Pure sex वाला प्यार आज पहली बार सुन रहा हूँ। क्या फर्क था दोनों में?"

"कोई फर्क नहीं था। दोनों pure थे। दोनों बहुत अच्छी बातें करते थे।"

"फिर कभी शादी का ख्याल नहीं आया?"

"आया।"

"फिर क्यूँ नहीं की?"

"शादी का सोचते ही हमारी बातें बोरिंग होने लगीं। तुम मानो या न मानो लेकिन शादी by design थोड़ी बोरिंग होती है। शादी के बोरिंग होने में दोनों लोगों की कोई गलती नहीं होती, it's design fault you know!"

"ऐसे तो पूरी जिंदगी ही बोरिंग होती है!"

"हाँ होती है, लेकिन मैं शादी वाली बोरियत नहीं चाहती थी। इन्फैक्ट मुझे लगता है कि कभी मैंने शादी की भी तो उससे करूँगी जिसकी बातों से कभी मैं बोर न हो पाऊँ।"

"फिर तो मिल चुका तुम्हें कोई। वैसे भी हम बातों से नहीं दूसरे की आदतों से बोर होते हैं। जब कोई ऐसा मिले जिसकी आदतों से बोर न हो तब झट से कर लेना शादी या फिर जब किसी के साथ रहते हुए शादी की जरूरत ही महसूस न हो तब करना शादी।"

"हम्म, क्या लगता है तुम्हें प्यार क्या होता है? तुम तो इतनी किताबें पढ़ते रहते हो?"

"प्यार बस एक तरह की आदत है। प्यार के बारे में दुनिया की बाकी सारी definitions केवल शो ऑफ हैं यार।"

"तो तुम अपनी सुधा वाली आदत का क्या करोगे?"

"पता नहीं, नयी आदत डालने की कोशिश और कोई कर भी क्या सकता है!"

"तुम्हें वापिस जाना चाहिए। अकेले कैसे मैनेज करेगी वो?"

"हाँ, शायद थोड़े दिन में लौट जाऊँ।"

"चलो, बहुत उदास-उदास बातें हो गई, say something nice."

"मुझे कैफे में एक कमरा तो मिलेगा न रहने के लिए?"

"हाँ यार, ये भी कोई पूछने वाली बात है! मैं तुम्हें बोलने ही वाली थी कि हम वहाँ खूब सारी किताबें रखेंगे। अगर तुम रुके तो तुम नीचे कैफे में बैठकर बच्चों को कहानियाँ सुनाया करना। मैं भी सुना करूँगी। मुझे पंचतंत्र बहुत पसंद है, हैरी पॉटर भी। मैं रस्किन बॉन्ड सर से भी बात कर लूँगी। उनको बुलाएँगे हम कहानियाँ सुनाने के लिए।"

इसके बाद दोनों घंटों बैठ के इधर-उधर की, दुनिया भर की बातें करते रहे। शैम्पेन की बोतल खाली हो गई। रात ने बढ़कर घड़ी में ग्यारह बजा दिए। पम्मी और चंदर की पुरानी आदतों ने एक-दूसरे में नयी आदतें ढूँढ़ना शुरू कर दिया।

चंदर और पम्मी क्लब से निकलकर सड़क पर टहलने लगे। अभी वो थोड़ा आगे बढ़े ही थे कि मसूरी के मौसम ने खुश होकर हवा में धुँध फैला दी। दोनों के टहलने में सुकून था। ये सुकून फ्यूचर को लेकर नहीं था बस उस शाम को लेकर था। रास्ते में 'Honeymoon Inn' पड़ा तो चंदर ने पम्मी को बताया कि वो हमेशा से यहीं हनीमून मनाने आना चाहता था। थोड़ा आगे बढ़ने पर चंदर का होटल पड़ा तो पम्मी बोली,

"चलो, कमरा दिखाओ अपना।"

"क्या करोगी देखकर?"

"अरे, क्यूँ देख नहीं सकती! क्या पता कमरे में क्या हो। पता तो होना चाहिए कि तुम कौन हो?"

"कमरे से कैसे पता चलेगा कि मैं कौन हूँ?"

"हम अपने कमरे में जैसे रहते हैं उसी से पता चलता है कि सही में हम कौन है।"

"लेकिन तुम्हें तो उससे फर्क नहीं पड़ता न कि कौन हूँ मैं?"

"नहीं पड़ता।"

"फिर क्यूँ देखना है मेरा कमरा?"

"ऐसे ही।"

ये बोलकर पम्मी ने चंदर के हाथ की सबसे छोटी उँगली पकड़ ली। चंदर के हाथ की छोटी उँगली ने पम्मी के हाथ की छोटी उँगली को गले लगा लिया। चंदर पम्मी को लेकर होटल में आया। रिसेप्शन वाले लड़के ने चंदर को पम्मी के साथ देखकर आँख मारी और बोला,

"सर कुछ भी चाहिए होगा तो बता दीजिएगा।"

कमरे में घुसते ही कमरे ने पम्मी और चंदर को गले लगा लिया। ठीक बाथरूम के दरवाजे के पास। पम्मी अपने साथ मसूरी की थोड़ी धुँध साथ ले आई थी और चंदर 'Honeymoon Inn' पर न बनी हुई यादें ले आया था। चंदर पम्मी में सुधा की यादें ढूँढ़ने लगा, पम्मी नयी यादें ढूँढ़ने लगी। मसूरी की धुँध, पम्मी और चंदर की नयी आदतों में पिघलने लगी। कभी-कभी करीब आने के लिए बस एक शाम चाहिए होती है, बस।

अगले एक हफ्ते चंदर और पम्मी की ज्यादा बात नहीं हुई। हफ्ते भर में चंदर ने सारी किताबें खत्म कर लीं थी। उधर पम्मी कैफे का सारा पेपर वर्क निपटा लिया। पम्मी ने चंदर को रजिस्ट्रार ऑफिस में बुलाया। चंदर कैफे के पेपर में अपना नाम देखकर चौंका। पम्मी ने पेपर वर्क कुछ इस तरह से कराया था जिससे ये साबित होता था कि चंदर इस कैफे का 50% मालिक है। चंदर पम्मी से इसकी वजह पूछी तो वो उसने हँसकर टाल दिया और

बोली,

“तुम नहीं होते तो ‘मुसाफ़िर कैफे’ बस लेआउट में ही रह जाता।”

चंदर कुछ नहीं बोला। जब वो कागज पर साइन कर रहा था तब उसे सुधा की याद आई। उसको ये बात भी याद आई कि दुनिया में कोई भी ऐसा कागज नहीं हैं जहाँ चंदर और सुधा के साइन एक साथ हों। चंदर के साइन करते ही पम्मी बोली,

“तुम होटल से चेक आउट करके घर आ जाओ। इतना बड़ा कोई महल नहीं है मेरा, लेकिन तुम्हें दिक्कत नहीं होगी।”

चंदर ने न हाँ की, न ही मना किया। शाम को अपना बैग और किताबें लेकर पम्मी के घर पहुँच गया। ये सब सोचते हुए कि कहीं ये सब गलत तो नहीं है। जिस दुनिया में ये गलत होता है वो तो वो पीछे छोड़ आया था। फिर उसे अपने होने वाले बच्चे का ख्याल आया तो उसको सबकुछ गलत लगने लगा। पम्मी ने चंदर को उसका कमरा दिखाया। कमरे में ज्यादा कुछ था नहीं, कमरा चंदर की जिंदगी जैसा ही खाली-खाली था। एक सिंगल बेड, एक टेबल, एक कुर्सी। पूरी शाम चंदर अजीब-सी हालत में रहा। उसने बहुत कम बातचीत की। उसको ठीक वैसा लगा जैसा कि सुधा के उसके घर शिफ्ट होने पे लगा था। ये सब सोचकर उसने पम्मी का फोन लेकर सुधा को कॉल लगाया।

“हैलो, मैं चंदर।”

“कैसे हो?”

“ठीक हूँ, तुम बताओ तुम कैसी हो?”

“ठीक हूँ।”

“तबीयत कैसी है तुम्हारी?”

“अब ठीक है।”

“डिनर कर लिया?”

“हाँ, कर लिया। तुमने?”

“अभी नहीं, करूँगा।”

“ये नया नम्बर है?”

“नहीं, ये पम्मी का नम्बर है।”

“कौन पम्मी?”

“बताऊँगा लंबी कहानी है। यहाँ मसूरी में मिली। मैंने पम्मी के साथ एक कैफे लिया है।”

“तो लौटने का प्लान नहीं है मतलब!”

“पता नहीं अभी। तुम बताओ तो आ जाता हूँ।”

“नहीं, मेरी वजह से मत आओ।”

“डॉक्टर के यहाँ गई थी?”

“वहीं हूँ।”

“इतनी रात में?”

“हाँ।”

“क्या हुआ। तबीयत सही नहीं है क्या?”

“तबीयत ठीक है, बताया तो!”

“फिर इतनी रात में हॉस्पिटल में क्या कर रही हो?”

“कुछ नहीं हुआ।”

“सुधा बताओ क्या हुआ है?”

“मुझे अबॉर्ट कराना पड़ा। डॉक्टर ने बताया था कि अभी अगर बेबी carry करूँगी तो complication बहुत बढ़ जाएगी।”

“कब हुआ?”

“आज।”

इसके बाद दोनों कुछ बोल नहीं पाए। चंदर को लगा अब जाकर उसका घर छूटा है। बिना खाए अपने कमरे में चला गया। उधर सुधा फोन रखने के बाद अपने घर में अपने बिस्तर पर चंदर को बहुत देर तक ढूँढ़ती रही। सुधा ने झूठ बोलकर चंदर को आजाद कर दिया था। वो सही में चाहती थी कि वो अपना पागलपन ढूँढ़कर जी पाए। अपने इस झूठ के लिए वो रात भर रोती रही। उधर चंदर भी रात भर रोता रहा। दुनिया की सारी उदासी चंदर और सुधा ने उस दिन आपस में बाँट ली थी। जो भी रातें रोते हुए गुजरती हैं वो अगले दिन सुबह जरूर कुछ अलग लेकर आती हैं।

सुबह उठते ही चंदर ने पम्मी को कहा कि उसे बहुत जोर से भूख लग रही है वो कुछ बनाकर खिलाए। न पम्मी ने पिछली रात के बारे में कुछ पूछा न चंदर ने बताया। किसी के जाने के बाद हम इस उम्मीद में नॉर्मल बिहैव करने लगते हैं कि एक दिन नॉर्मल दिखने का नाटक करते-करते सही में ठीक वैसे ही नॉर्मल हो जाएगा जैसे कभी कुछ हुआ ही नहीं था। कई चोटें इसलिए निशान छोड़कर जाती हैं ताकि हम अपनी सब गलतियाँ भूल न जाएँ। गलतियाँ सुधारनी जरूर चाहिए लेकिन मिटानी नहीं चाहिए। गलतियाँ वो पगडंडियाँ होती हैं जो बताती रहती हैं कि हमने शुरू कहाँ से किया था।

मुसाफ़िर कैफे का काम तेजी से शुरू हो गया था। चंदर ने ट्रैक पे जाना शुरू कर दिया था। उसके पास अभी भी साल भर का खर्च निकालने भर की सेविंग थी। तमाम किताबें जिनको वो खरीद के भूल चुका था उसने दुबारा पढ़ना शुरू कर दिया था।

दस साल बाद

"पता है हमें किसके साथ जिंदगी गुजारनी चाहिए?"

"किसके साथ?"

"बचपन में हमने माचिस की डिबिया में घर की खिड़की के कोने से आनी वाली धूप को छुपाकर रखा होता है। तुमने भी रखा होगा!"

"हाँ, रखा था तो उससे जिंदगी गुजारने का क्या रिश्ता है?"

"बस जिस दिन तुम्हें अपने अलावा कोई दूसरा ऐसा मिल जाए जो तुम्हारी माचिस की डिबिया बिना खोले ही मान ले कि धूप अभी भी वहाँ डिबिया में होगी तब सोचना नहीं, उसके साथ जिंदगी गुजार लेना।"

"और ऐसा कोई मिला ही नहीं तो?"

"तो क्या?"

"कोई ऐसा मिला ही नहीं तो?"

"तो अपनी माचिस की डिबिया खोलकर थोड़ी-सी धूप चख लेना।"

दस साल बाद : मसूरी

इन दस सालों में दुनिया को जिस तेजी से बदलना चाहिए था उससे ज्यादा तेजी से बदल चुकी थी। मुसाफ़िर कैफे अब मसूरी का बहुत बड़ा टूरिस्ट पॉइंट बन चुका था। पम्मी और चंदर दोनों मिलकर कैफे चलाते। मुसाफ़िर कैफे में अब भी वही बैरे काम करते जो सालों पहले करते थे। कैफे अब बिल्कुल अपने लेआउट की तरह दिखता था। नीचे कुछ टेबल थे, कुछ गद्दे थे। एक दीवार पर मुसाफ़िर कैफे विजिट करने वाले सैकड़ों लोगों की चंदर और पम्मी के साथ फोटो थी। एक पूरी दीवार में सैकड़ों किताबें रखी थीं। ऊपर वाले हिस्से में 5 कमरे बने थे और दो कमरे वाले अपार्टमेंट में चंदर और पम्मी रहते थे। सामने वाली बालकनी में बैठकर वे दुनिया भर की बातें करते थे। पता नहीं चंदर और पम्मी का आपस में जो था उसको दुनिया की किसी भी किताब के हिसाब से प्यार बोला जा सकता था या नहीं लेकिन पम्मी और चंदर को एक-दूसरे की आदत थी। कैफे से दोनों इतना कमा लेते थे कि दोनों एक-एक महीने के लिए अलग-अलग टाइम पर दुनिया घूमने जाते थे। उनके लिए दुनिया मतलब केवल विदेश नहीं था। उनकी दुनिया में हिंदुस्तान भी था। उसके गाँव भी थे। उनके लिए दुनिया का मलतब जितना बाहर था उतना ही अंदर भी था। ये एक महीना उनका अपना होता था। उस एक महीने की कोई भी डीटेल न पम्मी माँगती न चंदर। चंदर के घरवाले भी कभी-कभार मसूरी घूमने आते। उन्होंने ये मान लिया था कि इनको समझाना बेकार है। चंदर की माँ जब आखिरी बार आई थीं तो उन्होंने मजाक-मजाक में कह भी दिया था कि तुझे ही ऐसी लड़कियाँ क्यूँ मिलती हैं जिनको शादी नहीं करनी। चंदर हर संडे को बच्चों को पंचतंत्र में हैरी पॉटर की कहानी मिलाकर एक नयी कहानी सुनाता। जो भी मुसाफ़िर कैफे आता उसको पहली नजर में ऐसा लगता कि चंदर और पम्मी शादीशुदा हैं। कोई उनसे इस बारे में पूछता भी तो वे हँस के टाल देते। यहाँ कमरे हमेशा बुक रहते। जो भी मुसाफ़िर कैफे में रुकता उसको लगता ही नहीं कि वो किसी होटल जैसी जगह पर रुका है।

सबको लगता कि पम्मी और चंदर उनके बहुत पुराने दोस्त हैं और वे दोस्त के यहाँ घूमने आए हैं। सर रस्किन बॉन्ड की भी ये फेवरेट जगह थी। वो महीने में एक बार मुसाफ़िर कैफे में बच्चों को कहानियाँ सुनाने आते। चंदर और पम्मी ने दुनिया के साथ एडजस्ट न करके मुसाफ़िर कैफे में अपनी एक नयी दुनिया बना ली थी जिसमें उनको एडजस्ट नहीं करना पड़ता बल्कि दुनिया उनके हिसाब से एडजस्ट करती।

जब भी कोई मुसाफ़िर कैफे आता तो वो यहाँ रुककर अपना कुछ-न-कुछ छोड़ के चला जाता। पिछले ही साल एक अमेरिकन को आकर यहाँ इतना अच्छा लगा था कि उसने अपनी पूरी प्रॉपर्टी और करीब पाँच लाख डॉलर मुसाफ़िर कैफे के नाम कर दिए। उसके बाद से ही पम्मी और चंदर ने मुसाफ़िर कैफे में लोगों का रुकना फ्री कर दिया। मुसाफ़िर कैफे में रुकने पर बस खाने के पैसे देने पड़ते। वैसे भी दोनों को समझ आ चुका था कि कोई पैसे के पीछे कितना भी भाग ले, पैसा कभी पलट के आपको गले नहीं लगा सकता। इसीलिए शायद दुनिया की सारी दौलत की औकात अक्सर ही एक गले लगने से मिलने वाली खुशी के सामने बड़ी ही टुच्ची पड़ जाती है। पैसा कमाने में कई बार जिंदगी धीरे-धीरे करके गँवानी पड़ती है। धीरे-धीरे होने वाली कोई भी चीज पता ही नहीं चलती। इसलिए जब पैसे इकट्ठा हो जाते हैं तब तक वो अपना मतलब खो चुके होते हैं। चंदर को अभी तक ये सही से समझ नहीं आया था कि उसका पागलपन क्या था लेकिन मुसाफ़िर कैफे ने उसकी जिंदगी को जीने की वजह दी थी। एक दिन ऐसे ही शाम को बालकनी में बैठे हुए पम्मी ने दारू पीकर चंदर से पूछा। बल्कि वो ऐसे सवाल चढ़ने के बाद ही करती थी।

"तो, क्या लगता है तुम्हें?"

"किस बारे में?"

"तुम जब दस साल पहले आए थे तो लाइफ की मीनिंग ढूँढ़ने आए थे। अब तक तो तुम्हें जवाब मिल गया होगा तो बताओ। What's the meaning of life?"

"लाइफ की as such कोई मीनिंग नहीं होती। हमें मीनिंग डालना पड़ता है। एक मीनिंग की वजह से ही तो एक जैसी होकर भी सबकी लाइफ अलग-अलग होती है।"

"दस साल में सुधा से मिलने का कभी मन नहीं किया?"

"रोज करता है।"

"फिर गए क्यूँ नहीं?"

"उसकी लाइफ के मीनिंग में मैं कहीं फिट नहीं होता था इसलिए। बस अब इसके बाद कोई सवाल मत पूछना, जितनी चढ़ी थी सब उतर गई।"

"बच्चा adopt करने के बारे में तुम्हारा क्या खयाल है?"

"अच्छा खयाल है, कर लो adopt."

"अच्छा चंदर एक चीज सही-सही बताओगे। पूछूँ?"

"सवाल पूछने का मत पूछा करो, सीधे पूछ ही लिया करो।" चंदर को ये बोलते ही सुधा की कभी की कोई बात याद आई।

"तुम्हें कभी ये नहीं लगा कि हमारा अपना कोई बच्चा होना चाहिए था?"

"नहीं, कभी नहीं लगा।"

"क्यूँ?"

"क्यूँकि उस दिन सुधा ने फोन पर झूठ बोला था। उसने बच्चा अबॉर्ट नहीं कराया था। वो हर चीज की अच्छी एक्टिंग कर लेती थी लेकिन इतनी भी अच्छी नहीं कि मैं पहचान न पाऊँ।"

"कब से पता है तुम्हें ये बात?"

"करीब दस साल से। मैंने बाद में हॉस्पिटल में कॉल करके कंफर्म भी किया था।"

"तब भी तुम्हारा मन नहीं किया अपने बच्चे से मिलने का?"

“किया, बल्कि रोज करता है। जब मैं बच्चों को कहानियाँ सुना रहा होता हूँ तो लगता है कि मेरा बच्चा भी बीच में कहीं बैठ के सुन रहा है। उसकी धुँधली शक्ल दिखायी देती है मुझे।”

ये सुनकर पम्मी चंदर के सिर को सहलाने लगी। जैसे चंदर के अंदर के बच्चे को सुला रही हो और चुपचाप बता रही हो कि एक दिन सब ठीक हो जाएगा। दुनिया में देने लायक अगर कुछ है तो वो है ‘एक दिन सब ठीक हो जाएगा’ की उम्मीद। ये दुनिया शायद आज तक चल ही शायद इसलिए रही है क्यूँकि लोग अभी भी जाने-अनजाने एक दिन सब ठीक हो जाएगा की उम्मीद दे देते हैं।

हर आदमी अपने अंदर इतना कुछ दबाए रहता है कि किसी दिन वो सबकुछ ईमानदारी से बता दे तो सुनने वाला पागल हो जाए। किसी के साथ बहुत लंबा रह लो तो भी वो इंसान अजनबी हो जाता है। ये बात पम्मी को इसी पल समझ भी आई और महसूस भी हुई।

“झूठ क्यूँ बोलते हो तुम?”

“क्यूँकि झूठ में उम्मीद होती है।”

“झूठ आखिर में उम्मीद तोड़ता भी तो है।”

“झूठ से ‘आखिर’ तक बात चलती तो है। वर्ना सारे रिश्ते एक शाम में खत्म हो जाएँ।”

दस साल बाद : मुंबई

कहानियों के सारे सिरे सही से पकड़ने के लिए हमें कई बार बहुत पीछे जाना पड़ता है तो कई बार बहुत आगे। सुधा अब मुंबई के सबसे बड़ी फैमिली लॉयर में से एक हो चुकी थी। वो एक बड़ी लॉ फर्म की 50% की पार्टनर थी। सारे केसेज में वो जाती भी नहीं। उसकी एक बार केस प्रेजेंट करने की फी बहुत थी। वो खुद बहुत ही सेलेक्टिव केस लेती। मुंबई फिल्म इंडस्ट्री के बड़े-से-बड़े divorce के केस सुधा से होकर ही गुजरे थे। वो जब चंदर से कहा करती कि वो अकेले मैनेज कर लेगी तो सही कहती थी। सुधा ने सबकुछ अकेले मैनेज कर लिया था, बच्चा, कोर्ट, पर्सनल लाइफ, फैमिली, सब। लाइफ की सबसे बुरी बात यही होती है, जब वो ऑन पेपर perfect दिखती है तब होती नहीं है और जब ऑन पेपर perfect नहीं दिखती तब perfect होती है।

सुधा ने अपने बेटे का नाम अक्षर रखा। अक्षर नाम के पीछे की कहानी ये थी कि चंदर ने बहुत पहले से ये नाम सोचा हुआ था। हालाँकि उसने लड़कियों के कई नाम सोचे हुए थे लेकिन लड़के के लिए एक ही नाम सोचा था। वो मजाक-मजाक में कहता भी था कि लड़का हुआ तो तुम रखना अपने पास, मेरी कोई जिम्मेदारी नहीं होगी। उसको पूछो कि लड़की क्यूँ चाहता है वो तो हमेशा बोलता कि लड़की होगी तो इसी बहाने वो अपनी बेटी में सुधा का बचपन तो देख पाएगा। सुधा ने चंदर के मन वाला नाम रख के कभी चंदर का हक नहीं छीना। दोनों के बीच इतना गहरा-सा कुछ था लेकिन फिर भी वो साथ नहीं रह पाए।

सुधा ने कभी शादी नहीं की। बल्कि उसका लॉ फर्म का पार्टनर विनीत उसको बोलता रहा कि वो कर ले शादी। विनीत और सुधा का रिश्ता कुछ ऐसा था कि हफ्ते में एक दिन सुधा के साथ ही घर पे रुकता। साल में एक-दो बार वे छुट्टियाँ मनाने साथ जाते। जब विनीत घर पर रुकता तब रात में

सुधा और विनीत एक ही कमरे में सोते। इस बात का क्या मतलब होता है, अक्षर को अभी समझ में आना शुरू नहीं हुआ था।

अक्षर अक्सर चंदर की पुरानी किताबों को अलमारी से निकालकर उसकी अंडरलाइंस को छूकर समझने की कोशिश करता। स्कूल में बच्चे समझते विनीत ही उसके पापा हैं। सारे फंक्शन्स में सुधा विनीत के साथ ही आती। कुछ-एक बार तो वो अक्षर के स्कूल में as chief guest भी आ चुकी थी।

अक्षर क्लास के बाकी बच्चों की तरह ज्यादा जिद नहीं करता। सुधा उसको प्यार से समझा देती तो वो समझ जाता। वो अपनी एक छुट्टी केवल सुधा के साथ जाना चाहता। लाइब्ररी की किताबों के बीच रखी एक-दो डायरी में जो नाम चंदर लिखा है वो कौन है, ये पूछना चाहता। वो ये समझना चाहता कि मम्मी को जब कहीं कोई बड़ा अवार्ड मिलता है तो घर लौटकर वो क्यूँ अक्षर को अपने सीने से चिपकाकर घंटों रोती रहती हैं। एक वक्त के बाद हम बड़े-से-बड़ा दुःख तो बर्दाश्त कर लेते हैं, पर छोटी-से-छोटी खुशी झेली नहीं जाती। क्यूँ उनके घर में शादी की एक भी फोटो नहीं थी। अपनी नोटबुक के पीछे पापा शब्द लिख के वो कई बार काट चुका था। वो ये जानना चाहता कि आखिर पापा शब्द बोलने में लगता कैसा है। पापा बोलते हुए जब होंठ दो बार मिलते हैं तो होंठों को कैसा लगता है। अपने ही मुँह से पापा बोलकर अपने ही कानों को सुनाई कैसा पड़ता है।

द से देहरादून

सुधा ने ये सोच लिया था कि लाइफ को एक सेकंड चान्स देने के लिए वो विनीत के साथ कुछ दिन रहकर देखेगी। अक्षर जैसे-जैसे बड़ा होता जा रहा था उसके सवाल मुश्किल होते जा रहे थे। वो बिल्कुल चंदर के जैसा

confused रहता। यही सब सोचकर सुधा ने अक्षर को बोर्डिंग में डालने का फैसला लिया। उसने अक्षर से एक-दो बार पूछा लेकिन अक्षर कोई जवाब नहीं देता था। सुधा चूँकि हाईप्रोफाइल लॉयर थी तो उसके लिए Welham Boys School, Dehradun या फिर दून स्कूल दोनों के ऑप्शन खुले हुए थे।

यही सब देख समझ के सुधा, विनीत और अक्षर देहरादून पहुँचे। हालाँकि, ये फैसला इतना भी आसान नहीं था जितना सुधा को मुंबई से चलते हुए लग रहा था। अक्षर में कुछ ऐसा था जो घर को पूरा कर देता था। बीच में अक्षर जब कभी भी स्कूल के टूर पे गया सुधा को बहुत दिक्कत हुई थी। चंदर का जाना शायद वो झेल भी इसलिए पाई क्यूँकि अक्षर उसके पास था। ये बात सोचकर उसको ये ख्याल भी आता कि उसके पास तो अक्षर है चंदर ने क्या किया होगा? उसने शादी की होगी? उसकी अपनी कोई फैमिली होगी? दस साल पहले फोन पर चंदर ने उसको ये बताया था कि उसने मसूरी में एक कैफे लिया है किसी पम्मी के साथ। क्या उन दोनों ने आपस में शादी कर ली होगी? वो चंदर से इतना प्यार करती थी कि वो उसको खोने की हद तक डिस्टर्ब नहीं करना चाहती थी? इसलिए इतने सालों में कभी मसूरी नहीं गई? वो चंदर को इसलिए नहीं फेस करना चाहती थी कि शायद चंदर ने अपनी नयी दुनिया बना ली होगी और उसको सुधा को फेस करने में दिक्कत न हो?

इतना गुस्सा इतनी frustration आदमी इतने साल तभी अपने अंदर रख सकता है जब बहुत ज्यादा प्यार हो। प्यार कम होता है तो लोग गुस्सा और frustration निकाल के भूल जाते हैं और जिंदगी में आगे बढ़ जाते हैं, move on कर जाते हैं। प्यार के हजारों सालों के इतिहास में move on कर जाना सबसे वाहियात खोज है। जो move on नहीं कर पाते वो प्यार की असली यात्रा पर निकलते हैं। जिनके आँसू न बहते हैं, न सूखते हैं, वो जिंदगी को करीब से समझ पाते हैं। जिनको गहरी नींद नहीं आती वो समझ पाते हैं कि दुनिया में सुबह से अच्छा कुछ होता ही नहीं। किसी भी चीज को

हम सही से समझ ही तब सकते हैं जब हम उसको पाकर खो दें। पाकर पाए रहने वाले अक्सर चूक जाया करते हैं।

अक्षर का एडमीशन वेलहम्स और दून स्कूल दोनों जगह क्लियर हो गया। सुधा अक्षर को बोर्डिंग में छोड़ते हुए दिखाने के लिए बहुत स्ट्राँग बनी रही, बिल्कुल भी नहीं रोई। अक्षर पे बोर्डिंग आने का कोई ज्यादा असर नहीं हुआ। वो यहाँ भी उतना ही चुप था जितना मुंबई में रहता था। सुधा रात में होटल में अपने कमरे में पहुँचते ही अपने-आप को संभाल नहीं पाई। वो बहुत देर तक रोती रही। विनीत उसको चुप करवाने की एक-दो बार नाकाम कोशिश करता रहा। उस मोमेंट सुधा को लगा कि अक्षर नहीं गया बल्कि चंदर हमेशा के लिए चला गया।

सुधा और विनीत की अगले दिन शाम की दिल्ली से फ्लाइट थी। सुबह उठने के बाद सुधा ने विनीत से कहा कि वो अपना प्रोग्राम कैन्सल कर रही है। वो हफ्ते भर रुककर देखना चाहती है। अगर उसको लगेगा कि वो अक्षर के बिना नहीं रह पाएगी तो वो उसको लेकर लौट आएगी। विनीत इस बात से थोड़ा irritate भी हुआ क्यूँकि अक्षर की बोर्डिंग वाला फैसला लेने में भी सुधा को एक साल लग गया था। विनीत ने सुधा को समझाया भी कि अगर वो अक्षर से मिलने जाएगी तो उसका मन कभी बोर्डिंग में नहीं लग पाएगा। लेकिन सुधा तो सुधा थी, अपने पर आ गई तो आ गई। विनीत अब और इंतजार करना नहीं चाहता था लेकिन उसने कुछ कहा नहीं, कोई सीन क्रिएट नहीं किया। जाने से पहले उसने पूछा भी कि वो भी रुक जाए। वो लोग 2-3 दिनों के लिए मसूरी, ऋषिकेश घूमने जा सकते हैं। लेकिन सुधा ने बोला कि वो अकेले रुकना चाहती है। थक-हारकर विनीत दिल्ली की फ्लाइट लेने के लिए देहारादून से वापिस चल दिया।

विनीत के जाने के बाद पूरा दिन सुधा ने कमरे में ही गुजारा। बहुत सालों बाद ऐसा हुआ था कि वो बिल्कुल अकेली थी। अपने-आप को अकेले में तो भुलाया नहीं जा सकता। उसको कोई भी कॉल पिक करने का मन नहीं था उसने अपना मोबाइल बंद कर दिया। सुधा ने बैरे को बुलाकर उससे सिगरेट

मँगाई। उसने अक्षर की वजह से सिगरेट पीना करीब-करीब छोड़ दिया था। बच्चों को अच्छी आदतें सिखाते-सिखाते बड़े भी अक्सर अपनी आदतें बदल लेते हैं। बीच-बीच में रह रहकर उसको रोना आ रहा था। किस बात पे आ रहा था वो समझ नहीं पा रही थी। कई बार रोना एक वजह से शुरू होता है और खत्म किसी दूसरी वजह पर। उसने सिगरेट मँगा तो ली थी लेकिन पी नहीं पाई।

एक दिन बड़ी मुश्किल से बीता। अगले दिन सुबह उठने के बाद उसने सोचा कि वो बाहर घूम के आएगी। वो मॉल रोड पर बहुत देर तक टहलती रही। थोड़ी बहुत शॉपिंग भी की लेकिन फिर भी आधा दिन ही बीता। इस बीच उसका मन किया कि अक्षर की बोर्डिंग-स्कूल जाए। उसको बार-बार ऐसा लग रहा था कि शायद अक्षर रो रहा है। अक्षर ऐसे तो रोता नहीं था लेकिन जब रोता था तो चुप नहीं होता था। किसी तरह दूसरा दिन खिसका।

बीच में उसने मोबाइल थोड़ी देर के लिए खोला तो ऑफिस के ईमेल और मैसेज देखकर थोड़ा खीझी। विनीत के भी बहुत सारे मैसेज आए हुए थे। वो बार-बार यही पूछ रहा था कि वो लौट कब रही है। इस सवाल से उसका मन इतना खराब हुआ कि उसने मोबाइल फिर से बंद कर दिया।

आज अकेले सुधा का तीसरा दिन था। वो सुबह-सुबह तैयार होकर फिल्म देखने निकल गई। सालों बाद वो अकेले फिल्म देखने गई थी। अकेले फिल्म जाने में वही फिल्म अलग दिखती है। अंधेरे कमरे में पर्दे पर पूरी फिल्म के दौरान अपनी जिंदगी के कुछ भूले-बिसरे सीन भी दिखाई पड़ते हैं।

मूवी हाल से निकलकर अपने कमरे में लौटने पर उसने अपने बैग से एक पुरानी डायरी निकालकर होटल के लैंडलाइन से नंबर डायल किया, जिससे करीब दस साल पहले चंदर का फोन आया था। उधर से एक लड़की की आवाज आई,

“नमस्कार! मुसाफ़िर कैफे।”

सुधा ने कैफे सुनकर फोन काट दिया। थोड़ी देर बाद उसने दुबारा कॉल

किया। फिर से आवाज आई,

"नमस्कार! मुसाफ़िर कैफे।"

इधर से सुधा ने पूछा, "आप अपना एड्रैस दे सकती हैं और कैफे कब तक खुला रहता है?"

उधर से आवाज आई, "मैम, कैफे हमेशा खुला रहता है, किचेन रात के 11 बजे बंद हो जाता है। बाकी आप स्टे करने कभी भी आ सकती हैं।"

"आपके यहाँ स्टे भी कर सकते हैं?"

"हाँ मैम, आप अपनी डिटेल्स नोट करा दीजिए मैं आपकी बुकिंग ले लेती हूँ।"

"नहीं, मुझे स्टे नहीं करना बस आप एड्रैस नोट करा दीजिए।"

एड्रैस नोट करके सुधा ने फोन काट दिया और होटल से मसूरी जाने के लिए टैक्सी बुक करा ली। सुधा की पूरी रात बेचैनी में गुजरी। उसको पूरी रात लगता रहा कि अक्षर बहुत रो रहा है। हमारी यादों का कुछ हिस्सा इतना काला होता है कि उस पन्ने को खोलते ही रात हो जाती है।

म से मुसाफ़िर Cafe

अगले दिन सुबह उठते ही उसने अक्षर के स्कूल में फोन करके कन्फर्म किया कि वो सही तो है। स्कूल से पता चला कि अक्षर उन कुछ बच्चों में से है जो बिल्कुल भी नहीं रोए। सुधा ने टैक्सी मँगाया और मसूरी के लिए चल दी। रास्ते में शिव मंदिर आने पर ड्राइवर ने सुधा से वहाँ की चाय पीने के लिए पूछा। सुधा ने वहाँ चाय पीते हुए सोचा कि कभी चंदर भी यहाँ जरूर रुका होगा। चाय पीने के लिए वो कहीं भी रुक सकता था। वो अक्सर कहा करता था कि वो मर भी रहा होगा तो यमराज से एक आखिरी प्याली चाय पीने की

इजाजत ले लेगा।

मसूरी जैसे-जैसे पास आता जा रहा था है वैसे-वैसे सुधा की बेचैनी बढ़ती जा रही थी। चलने के दो घंटे के अंदर वो मसूरी में Honeymoon Inn होटल के सामने खड़ी थी। Honeymoon Inn होटल देखकर उसको याद आया कि चंदर से शादी हुई होती तो वो यहीं लेकर आया होता। अगले ही मोमेंट उसको ये ख्याल आया कि वो शायद आया भी हो। थोड़ा-बहुत पूछकर वो मुश्किल से बीस मिनट में मुसाफ़िर कैफे के सामने खड़ी हो गई। अंदर कुछ टूरिस्ट बैठे हुए थे। कुछ गद्दे पर मजे से लेटे हुए थे। सामने दीवार पर सैकड़ों फोटो लगी हुई थीं। वो उस दीवार के पास गई तो देखा कि सभी फोटो में चंदर और उसके साथ एक बंदी थी। काउंटर पर फोटो वाली बंदी बैठी हुई थी। सुधा समझ गई कि ये पम्मी है। चंदर को वहाँ फोटो में देखकर उसको थोड़ा सुकून मिला, थोड़ी खुशी। वो पास पड़ी सबसे छोटी वाली टेबल पर बैठ गई।

पम्मी उसको अकेला देखकर खुद ही मेन्यू लेकर वहाँ आकर सुधा से ऑर्डर के लिए पूछा,

"क्या लेंगी आप?"

"आप ही कुछ सजेस्ट कर दीजिए।"

इस पर पम्मी ने बताया, "हमारे यहाँ की कोल्ड कॉफी वर्ल्ड फेमस है।"

"तो वही कर बनवा दीजिए, कुछ टोस्ट भी मिलेगा?"

"हाँ, बिल्कुल।"

पम्मी ऑर्डर लेकर जा ही रही थी कि इतने में सुधा ने पूछा,

"ये फोटो में आपके हसबैंड हैं?"

पम्मी ने जवाब दिया,

"नहीं नहीं, इस आदमी से कौन शादी करेगा! कैफे में पार्टनर है मेरा। कहाँ से आई हैं आप?"

"मुंबई।"

"मसूरी घूमने?"

"नहीं अपने बेटे के एडमीशन के लिए देहरादून तक आई थी तो सोचा एक-दो दिन का ब्रेक ले लूँ। आपके पार्टनर कहीं दिख नहीं रहे?"

"कौन चंदर! वो trecking पर गया हुआ है। कल तक आएगा।"

"आप हमारे यहाँ एक दिन रुकती क्यूँ नहीं, ट्रस्ट मी, बहुत अच्छा लगेगा आपको। आपके हसबैंड भी हैं साथ में?" पम्मी ने पूछा।

"नहीं मैं अकेले हूँ। बुकिंग कर दीजिए आप मेरी।"

पम्मी ने काउंटर पर जाकर चेक किया लेकिन उस दिन एक भी कमरा खाली नहीं था। वो कॉफी सर्व होने के बाद सुधा की टेबल पर आकर बताया, "कोई भी रूम available नहीं है। लेकिन वो उसके साथ उसके घर में रुक सकती है। वैसे भी चंदर कल लौटेगा और कल सुबह एक कमरा खाली हो जाएगा।"

सुधा को थोड़ा अजीब तो लगा लेकिन उसने हाँ कर दिया।

"अरे लीजिए, हमारी इतनी बात हो गई आपका नाम भी नहीं पूछा मैंने।" पम्मी ने कहा।

"सुधा।"

पम्मी एक सेकंड को थोड़ा ठिठकी। अपने मन में एक बार सोचा कि कहीं ये वही सुधा तो नहीं। लेकिन तभी कुछ कैफे का काम आ गया और इन सबके बीच में वो इस बात पे ज्यादा ध्यान नहीं दे पाई। इस बीच जब पम्मी कैफे के काम में बिजी हो गई तो सुधा सामने किताब की आलमारी देखने लगी। वहाँ रखी हुई कुछ किताबों को वो पहचानती थी। उसमें से एक किताब निकालकर वो पन्ने पलटने लगी। किताब के आखिरी पन्ने पर एक तारीख पड़ी थी। चंदर की आदत थी वो किताब जिस दिन खत्म करता था वो किताब के आखिरी पन्ने पर लिख दिया करता था। सुधा ने किताब के कुछ

पन्ने पलटकर एक अंडरलाइन को छुआ। उसे ठीक ऐसा लगा जैसे सालों बाद उसने चंदर को छू लिया हो, उसका सिर सहला लिया हो।

सुधा का पूरा दिन मुसाफ़िर कैफे में चंदर की जगह को महसूस करते बीता। शाम को पम्मी उसको अपने घर ले आई। घर में घुसते ही उसे सामने की दीवार पर चंदर और पम्मी की एक तस्वीर लगी दिखी। तस्वीर देखते ही उसको अपने रुकने वाले फैसले पर थोड़ी कोफ्त हुई। कमरे में चंदर का थोड़ा-बहुत सामान फैला हुआ था। वैसे ही 2-3 किताबें फैली हुई थी। वो दो-तीन किताबें एक साथ शुरू कर देता था। पम्मी सुधा को चंदर वाला कमरा दिखाकर नीचे कैफे में चली गई। पम्मी के जाते ही सुधा चंदर के बेड पर लेटकर ऊपर छत को देखते हुए जाने क्या-क्या सोचने लगी थी। थोड़ी देर लेटकर वो सामने बालकनी में चली गई। सामने वाला पहाड़ उसको देखकर मुस्कुरा उठा जैसे सालों से उसका इंतजार कर रहा हो। बालकनी में रखी कुर्सी पर बैठकर पिछले दस सालों के बारे में सोचने लगी थी। इस बीच उसे कब नींद आ गई पता नहीं चला।

शाम को कई सारे गेस्ट बैठकर बालकनी में बोन फायर कर रहे थे। खूब सारा गाना-बजाना हो रहा था। पम्मी भी कुछ गाने की कोशिश करती रही लेकिन बार-बार गाना भूल जाती। जब भी वो गाना भूलती, तो बोलती,

“चंदर को आगे का पूरा गाना याद है। वो हमेशा याद दिला देता था।”

ठीक इसी मोमेंट सुधा ने सोच लिया कि अगले दिन सुबह वो बिना चंदर से मिले लौट जाएगी और विनीत के साथ शिफ्ट हो जाएगी। उसको कोई हक नहीं इतने साल बाद लौटकर चंदर की लाइफ में फालतू complication क्रिएट करने का।

बोन फायर में बहुत कम आग बची थी मुश्किल से दस मिनट की। बालकनी से सबके जाने के बाद, पम्मी ने सुधा से कहा,

“तुम वही सुधा तो नहीं हो न जिसका इंतजार चंदर आज भी कर रहा है?”

सुधा कोई जवाब नहीं देती। कोई जवाब न पाकर पम्मी ने दुबारा कहा-

"किताब की आलमारी से तुमने किताब निकालकर जिस तरह किताब के आखिरी पन्ने को छुआ था मैं तभी समझ गई थी। तुम वही सुधा हो।"

सुधा ने अब भी कुछ नहीं बोला। इसके बाद पम्मी ने भी कुछ नहीं कहा। लंबी खामोशी के बाद सुधा ने कहा,

"मैं कल सुबह चंदर के आने से पहले चली जाऊँगी।"

पहाड़ फूँक-फूँककर बोन फायर की आग को बार-बार जला दे रहा था। लकड़ी की आग बुझते-बुझते बार-बार जल जा रही थी, हर बार पहले से तेज।

उ से उस दिन की बात

अगले दिन सुबह पम्मी जल्दी उठकर नीचे कैफे में चली गई। जब चंदर आया तब पम्मी ने उसको बताया कि एक गेस्ट ऊपर हैं, वो चाय लेता जाए। हालाँकि, ऐसा पहली बार नहीं हुआ था कि पम्मी ने गेस्ट को अपने घर में रुकवा दिया हो वो पहले भी कई बार ऐसा करती रही थी इसलिए चंदर को कुछ awkward नहीं लगा। वो चंदर को अभी सुधा के बारे में कुछ नहीं बताती। चंदर चाय लेकर ऊपर घर में पहुँचा। सुधा आराम से बालकनी में बैठ के पेपर पढ़ रही थी। चाय रखने के बाद चंदर ने सुधा का चेहरा देखा। एक मोमेंट होता है जिसके बारे में लोग बोलते हैं कि दुनिया कभी-कभी चलते हुए एक पल को रुक जाती है। ये वही मोमेंट था जिसकी तैयारी दुनिया दस साल से कर रही थी। इस मोमेंट में दस साल की बर्फ जमी हुई थी। चंदर को कुछ समझ नहीं आया कैसे react करे।

"कैसी हो?"

“ठीक हूँ।”

इतनी-सी बात के बाद उन दोनों की बड़ी देर तक कुछ बात नहीं हुई। सुधा ने ही चाय की एक सिप लेने के बाद बोला,

“बस कुछ और नहीं पूछना। दस साल बाद मिलने पर बातें खत्म हो जाती हैं क्या?”

“बातें इतनी हो जाती हैं कि समझ नहीं आता कि शुरू कौन-सी बात से करें।”

“यहाँ का मौसम बहुत ठंढा है। जब बातें न बची हों तो मौसम के बारे में बात कर लेनी चाहिए।”

“उससे क्या होगा?”

“लगता रहेगा कि बातें अभी खत्म नहीं हुई हैं। वैसे बदले नहीं तुम बिल्कुल।”

“इतना तो बदल गया हूँ!”

“कितना बदल हो गए हो, बताओ जरा?”

“मेरा छोड़ो, तुम तो बदल गई हो, कितनी मोटी हो गई हो तुम!”

“हाँ, थोड़ी-सी मोटी हुई हूँ। सही लगा था मुझे।”

“क्या?”

“यही कि बिल्कुल भी नहीं बदले तुम।”

“यहाँ का मौसम बड़ा ठंढा है न?” चंदर ये बोलकर हँसने लगा।

इसके बाद दोनों में बातें तो नहीं होती। थोड़ी देर तक बाहर के ठंढेपन की भाप और गरम चाय का कोहरा मिलकर एक होने लगे। चाय खत्म करके बाद सुधा ने ही शुरू किया।

“पम्मी से शादी क्यूँ नहीं की, इतनी अच्छी तो है वो?”

“हाँ, तुमसे बहुत अच्छी है।”

“बताओ न, शादी क्यूँ नहीं की पम्मी से?”

“तुमसे डिवोर्स नहीं लिया था न।”

“हमारी शादी कब हुई कि डिवोर्स होता।”

“इतनी बार तो हुई थी शादी हमारी।”

“कब, मुझे भी बताओ?” सुधा ने थोड़ा चौंककर पूछा।

“जब घर आकर तुमने PG नहीं जाने का फैसला किया था तब पहली बार हमारी शादी हुई थी। जब समंदर के किनारे टहलते हुए तुम मुझे बिना बताए रोई थी, तब हुई थी हमारी दूसरी शादी। जब तुमने रोने की एक्टिंग नहीं कि थी और तुम्हें सही में रोना आया था और ये बात मैं समझ गया था तब हुई थी हमारी तीसरी शादी। जब आलमारी के लिए लड़ाई की थी तुमने तब हुई थी हमारी चौथी शादी। जब रोज रात में लाइट ऑफ करने के लिए तुम बहाने बना देती थी तब हुई थी हमारी पाँचवीं शादी। जब अंडमान जाने से पहले तुमसे मेंहदी लगवाई थी तब हुई थी हमारी छठी शादी। जब दीवाली पर पहली बार साड़ी पहन पूजा कि थी तुमने तब हुई हमारी सातवीं शादी। जब तुमने बताया था कि तुम pregnant हो तब हुई थी हमारी आठवीं शादी। जब उस दिन तुमने फोन पर तुमने अबॉर्शन का झूठ बोला था तब हुई थी हमारी नवीं शादी। मुंबई छोड़ने के बाद से हर एक दिन जो हमने एक-दूसरे के इंतजार में गुजारे उतनी बार हुई, हमारी शादी। शादी के लिए बैंड बाजा पंडित जरूरी तो नहीं ये बात मुझे समझ तो आई लेकिन देर लगी। सुधा हमारी शादी इतनी बार हो चुकी है कि एक जनम तो तुमसे डिवोर्स ही लेने में चला जाता।”

“तुमको पता था हमारे बेटे के बारे में?”

“हाँ।”

“फिर भी मिलने नहीं आए?”

“इसका कोई जवाब नहीं है मेरे पास। क्या नाम रखा तुमने?”

"अक्षर।"

ये बोलने के बाद सुधा की, ये सुनने के बाद चंदर की उदासियाँ और आँसू मिलकर एक हो गए। चंदर भरे गले से पूछा-

"उसकी शक्ल तुमसे मिलती है न?"

"हाँ, थोड़ी-थोड़ी, लेकिन नाक तुमसे मिलती है। तुम्हारे जैसा ही confuse रहता है। तुम्हारी किताबों के अंडरलाइन के मतलब पूछता रहता है।"

चंदर को ये सुनकर किसी बात का सुकून हुआ। उसने सुधा को अक्षर की फोटो दिखाने के लिए कहा। फोटो दिखाने के लिए सुधा ने जैसे ही अपना मोबाइल खोला उसमें विनीत की 39 मिस कॉल पड़ी हुई थी। पंद्रह-बीस मैसेज थे।

विनीत के आखिरी मैसेज में लिखा था कि अक्षर को चोट लग गई है। पैर में फ्रेक्चर है वो hospitalised है। सुधा ने तुरंत विनीत को फोन किया। विनीत बहुत चिल्लाया और बताया कि कल रात से वो कितना परेशान था। वो बस दिल्ली की फ्लाइट लेने ही वाला था। उसको देहारादून पहुँचते-पहुँचते रात हो जाएगी। सुधा ने उसको चलने से मना किया और कहा कि वो तुरंत हॉस्पिटल जा रही है।

चंदर सुधा को लेकर तुरंत देहरादून के लिए चल दिया था। रास्ते भर सुधा रह-रहकर अपने-आप को मोबाइल बंद करने की वजह से कोसती रही। चंदर उसको समाझने की कोशिश करता रहा। दो घंटे के अंदर दोनों हॉस्पिटल पहुँच गए।

हॉस्पिटल में डॉक्टर ने बताया, "परेशान होने के कोई बात नहीं है। रात भर बहुत दर्द था। इसलिए नींद की दवा दी हुई है। 3-4 घंटे तक असर रहेगा। दो जगह फ्रेक्चर है, रिकवरी में कम-से-कम एक महीना लगेगा।" सुधा के ये पूछने पर कि हुआ क्या था, पता चला कि किसी बच्चे ने पहली मंजिल से धक्का दिया था। ये सुनते ही सुधा ने अगला फोन स्कूल को करके सुनाना शुरू कर दिया। चिल्लाते-चिल्लाते गुस्से से सुधा के आँसू बहने लगे थे। सुधा

स्कूल वालों पर केस करनी की धमकी दे रही थी।

इधर चंदर एकदम चुपचाप था। वो सुधा को कंट्रोल में न आते देख, उसके हाथ से फोन लेकर अपने पास रख लिया था। वह अक्षर के बेड के पास जाकर वहीं स्टूल पर बैठ गया और सुधा को भी वहीं बैठने का इशारा किया। उसने अक्षर की नाक को छूकर देखा और उसके माथे पर हाथ रखकर धीरे-धीरे बीते हुए दस सालों को सहलाता रहा। चंदर अक्षर को देख रहा था और सुधा चंदर की आँखों को। चंदर ने बहुत धीरे से कहा,

"इसका माथा बिल्कुल तुम्हारे जैसा है।"

ये सुनकर सुधा ने कहा,

"मालूम है, तुम्हारी सबसे ज्यादा याद कब आई?"

"कब?"

"जब अक्षर आठवें महीने में था। रात-रात भर ये पेट में लात मारता रहता था तब लगता था कि तुम्हें मेरा पेट सहलाने के लिए होना चाहिए। तुम लौटे क्यूँ नहीं?"

"नहीं लौटा, इसलिए गुस्सा हो मुझसे?"

"हाँ बहुत। बताओ तुम लौटे क्यूँ नहीं?"

"क्यूँकि मुझे मालूम था एक दिन तुम आ जाओगी या बुला लोगी।"

"इतना भरोसा था?"

"भरोसे से ज्यादा आदत थी तुम्हारी। जब कभी कोई भी शक्ल बहुत ध्यान से देखता था तो तुम दिखने लगती थी। मुसाफ़िर कैफे बनने के पहले दिन से तुम्हारा ही इंतजार कर रहा था।"

"अब लौट आओ।"

"बड़ी मुश्किल से सालों में जाकर अपनी आदतें बदली हैं। अब लौटना मुश्किल है।"

चंदर ये बोलकर, अक्षर के हाथ को अपने हाथ में लेकर उसके हाथ की

लकीर से अपने हाथ की लकीर मिलाने की कोशिश करने लगा। सुधा चंदर के पड़ोस में आकर बैठ गई। अक्षर और चंदर के हाथ को एक साथ लेकर चूम लिया। सामने अस्पताल की घड़ी में सुई एक सेकंड चलना भूल गई। आनेवाले पल ने जानेवाले पल को गले लगा लिया। दो पल मिलकर ठहर गए।

दो बजे के आस-पास अक्षर की नींद खुली। उसने सुधा को पास देखकर पहली बात कही,

“मम्मी, हॉस्टल में नहीं रहना।”

डॉक्टर ने सब चेक करके बताया कि वो अक्षर को ले जा सकते हैं लेकिन अभी इससे मुंबई तक का ट्रैवल नहीं किया कराया जा सकता। सुधा ने अक्षर से पूछा है कि कैसे हुआ था। अक्षर ने बताया कि उसको किसी ने धक्का दिया था। उसके बाद का उसको कुछ ज्यादा याद नहीं।

चंदर, सुधा और अक्षर को लेकर मुसाफ़िर कैफे आ गया था। पम्मी अक्षर को देखकर ऐसे खुश हुई जैसे उसका अपना बच्चा घर आया हो। अक्षर आलमारी की कुछ किताबें पहचानता था। उसने उन किताबों को देखकर पूछा,

“ये वही अंकल हैं क्या, जिनकी किताबें हमारे घर पर छूट गई हैं?”

सुधा ने कोई जवाब नहीं दिया। चंदर ने कहा,

“हाँ, मेरी ही किताबें आपके यहाँ छूट गई हैं।”

“आपका और भी बहुत सारा सामान छूटा हुआ है घर पे, पूरी आलमारी में आपके कपड़े छूटे हुए हैं। आपका नाम चंदर है न?”

“हाँ, तुम्हें कैसे पता?”

“आपकी कई सारी डायरी भी है घर पे। आप किताब के एंड में डेट क्यूँ डालते हैं? आप किताब को अंडरलाइन करके गंदा क्यूँ करते हैं, आपके स्कूल में बताया नहीं किसी ने कि ये बैड मैनर्स होते हैं! वैसे अंकल आपकी

हैंड राइटिंग बहुत poor है। आपकी टीचर आपको डाँटती नहीं थीं?"

ये सुनकर सुधा चंदर और पम्मी, तीनों हँस दिए। अक्षर का चंदर को अंकल बोलना, पम्मी को थोड़ा खटका। चंदर को थोड़े से ज्यादा खटका था और सुधा को सबसे ज्यादा खटका था।

सुधा ने एक हाथ से अक्षर का हाथ पकड़कर दूसरे हाथ से अक्षर का माथा सहलाते हुए कहा,

"ये पापा हैं।"

इस पर अक्षर पम्मी की तरफ देखकर अपनी आँखों में दुनिया की सारी मासूमियत भरके पूछा,

"ये पापा हैं तो पम्मी आंटी कौन हैं?"

ये सुनकर सुधा ने बताया,

"पम्मी आंटी आपकी बड़ी मम्मी हैं।"

"तुम भी मम्मी, पम्मी आंटी भी मम्मी!"

ये सुनकर सुधा ने पम्मी की तरफ देखकर कहा,

"हाँ, जो बहुत लकी होते हैं उनकी दो मम्मियाँ होती हैं।"

ये सुनकर अक्षर, चंदर के जैसे ही थोड़ा-सा confuse हुआ और पूछा,

"आप तीनों की शादी कब हुई थी?"

अक्षर के ये बोलते ही पिछले दस साल की उदासी हवा में घुलकर गायब हो गई थी। पम्मी, सुधा और चंदर, तीनों एक-दूसरे को देखकर जोर से हँसने लगे। अक्षर को ज्यादा कुछ समझ नहीं आया। सबको खुश देखकर उसने कहा,

"मम्मी, बड़ी मम्मी और पापा, चलो मुझे जोर से गले लगा लो।"

तीनों को एक साथ अक्षर से गले मिला देख मुसाफ़िर कैफे मुस्कुरा उठा। मुसाफ़िर कैफे अपने नए मुसाफिर पाकर खुश था। रास्ते केवल वो

भटकते हैं जिनको रास्ता पता हो, जिनको रास्ता पता ही नहीं होता उनके भटकने को भटकना नहीं बोला जाता है।

दो साल बाद

अक्षर अब देहारादून में नहीं मसूरी में पढ़ता था। हर संडे अक्षर बच्चों के साथ बैठकर अपने पापा से कहानी सुनता। रस्किन बॉन्ड अंकल उसके फेवरेट थे। जब भी वो आते तो उनसे वो उनकी कहनियों के बारे में तमाम सवाल पूछता। अक्षर को पंचतंत्र की बहुत-सी कहानियाँ याद थीं। अक्षर के मुसाफ़िर कैफे में आने के बाद से मुसाफ़िर कैफे की कोई खाली जगह भर गई थी। पम्मी को अक्षर के आने से लाइफ के नए मायने मिल गए थे। वो जब घूमने जाती तो अक्षर को लेकर जाती। अक्षर जब उसको 'बड़ी मम्मी' बोलता तो पम्मी की जिंदगी से सारी शिकायतें दूर हो जाती। चंदर ने सालों बाद फिर से अपनी अधूरी किताब को लिखना शुरू कर दिया था। चंदर को समझ आ चुका था जिंदगी की किताब में एंड नहीं केवल और केवल नयी शुरुआत मैटर करती है। सुधा ने अपनी नई लॉ फर्म खोल ली थी। वो साल में 3-4 महीने मसूरी में रहती और एक महीने के लिए अकेले कहीं घूमने जाती। अपना मुसाफ़िर कैफे ढूँढ़ने। हमारे सब जवाब हमारे पास खुद हैं, ये बात समझने के लिए अपने हिस्से भर की दुनिया भटकनी पड़ती ही है। बिना भटके मिली हुई मंजिलें और जवाब दोनों ही नकली होते हैं। वैसे भी जिंदगी की मंजिल भटकना है कहीं पहुँचना नहीं।